アルケミックな記憶

高原英理

アトリエサード

装画／永井健一

アルケミックな記憶　目次

まえがきに代えて──読むこと、読んで書くこと、読むべきときを待つこと

『挾み撃ち』や『しんとく問答』などで知られる作家、後藤明生（私が群像新人賞優秀作を得たときの審査員でもある）は、確か、小説を書くのは小説を読んだからだ、というようなことを記しておられた。実体験もそれはそれで無視できないが、この言語的フィクションの連鎖というものを私は小説を書くことの最もリアルな感触と感じる。それで、書きたいときは何か読む、というのが自分の方法ともなっている。

が、あまり意図だけが先行するのも望ましいものではない。これから書こうと思うフィクションに似すぎた小説やいかにも真似できそうな本はかえって避けたほうがよく、曖昧でいい加減なたとえだが、手にあるプランと捩れの位置にあるような作品がよさそうに思う。

一番よいのは、たまたま手に取った本が、これまで気づかずにいた、自分の求めるところを意外にも教えてくれる、というような経験で、長らく所持したままだった書物がある日偶然眼にとまったようなときは期待が持てる。もしくは本屋で新たに遭遇することだが、私の場合、そういう出会いは古本屋にあることが多い。

むろん新刊にも必ず宝はある。それで気になる新刊は必ず買い求めておく。すると何ヶ月後か何年後か十何年後かわからないが、それが自分に必要となるときが来る。心がやっとその本に追いつく瞬間だ。こうやって読む本は得がたい時間を与えてくれる。

かつては偶然やってくる書評の依頼が新たな道を教えてくれることもあったが、最近は少し時間を置いて、慌ただしくない中で何か発見できればと思うことが増えた。読むべきときは今なのか、もう少し待つ方がよいのではないか、と思える書物が多い。

ところで、二〇一一年三月の震災のさい、都内の自宅も相当揺れたため、所持する書物が大きくシャッフルされた（この文は二〇一二年に書かれた）。部屋に散乱したそれらを取り急ぎ短時間で積みなおし置きなおした結果、所在位置が変わってしまい、持っているはずの本がどこへ行ったかわからず、未だに取り出せないものも多い。反面、これまで忘れていた本が顔を出していたりする。するとこれは何かあるなと思うのだ。

偶然を半ば必然と見なし、意識ではよく判断できなかった心の向かうべきところを手探りしてゆくという読書のやり方は、どことなし、錬金術の修業のようにも思える。それゆえの失敗と見当違い、逸脱は多いが、無駄な脇道と袋小路もまた楽しいものだ。これははずれだなと思った本の記憶がずっと後になって創作上の意味からは貴重なものになっていることもないわけではない。いつの間にか、鉛から金が精製されていたのである。

この、偶然、錬金術、無意識、魔術的芸術、というような連想から、最近はシュルレアリスムにかかわる書物をもう一度読み直してみようか、などとも考えている。

最近あった、これもまた別の意味で手探りとしか言いようのない読書経験のひとつを記してみよう。

フォークナーの長篇では「八月の光」、短篇では「エミリーへの薔薇」「乾いた九月」を読んだ覚えがあるが、「アブサロム、アブサロム！」はまだだったのでいつか時期が来たらと思っていた。

それがちょうど二〇一〇年半ばから記憶と過去をテーマにしたフィクションを書き始めることにしたので、取りかかる前にひとつ、読んでおこうかと決めたものである。「アブサロム、アブサロム！」が、ある家族の過去の悲惨な出来事を推測交じりに語り再構成する小説であることは知っていたからだ。世界文学の最高峰のひとつとされているものだし読んで損はないはずである。悪い影響は受けまい。「八月の光」のときのような暗がりの多い重厚な時間が横たわっているに違いない。

さて私にはこういうときのために買ってある本がきわめて多い。世に積読というものだが決して読まないで終える気はない。必ず読むべき時期は来る。そのときを待っているだけである。ともかく寿命があと数百年ありさえすればすべて読めるはずなのである。

以前、一九七四年前後に集英社から『文学の扉・愛蔵版』と題して刊行されていた大判の世界文学全集がある。箱入りで、本体が白地に金のとても瀟洒な装丁、しかも当時の他の世界文学全集に比べれば比較的字が大きく、読みやすい。全四十五巻の内、第三十六巻がフォークナーの巻で、収録作のひとつ「アブサロム、アブサロム！」は篠田一士訳。現在、河出書房新社から池澤夏樹個人編集『世界文学全集』の一冊として出ているものと同じ訳である。買ったのは十年くらい前で、古書で八百円程度だった。汚れ等のない綺麗な本である。

これで読もうと決めて買ってあったのだが、あるとき、「アブサロム、アブサロム！」の冒頭から数ページを読んでみると、どうしても判りづらい気がして、そのままになっていた。

フォークナーは読みにくいとは言われるが、しかし、確かに読みにくかったとはいえ「八月の光」はここまで言葉足らずのまま屈折した感じではなかったと記憶する。

そうするうち、別の訳の「アブサロム、アブサロム!」もあることを知った。現在、講談社文芸文庫から上下に分けて出ている高橋正雄訳のものがそれだ。ただしそう厚くない文庫が一三六五円と一二六〇円（消費税率五%当時）で、上下そろえれば二六〇〇円を超えてしまう。

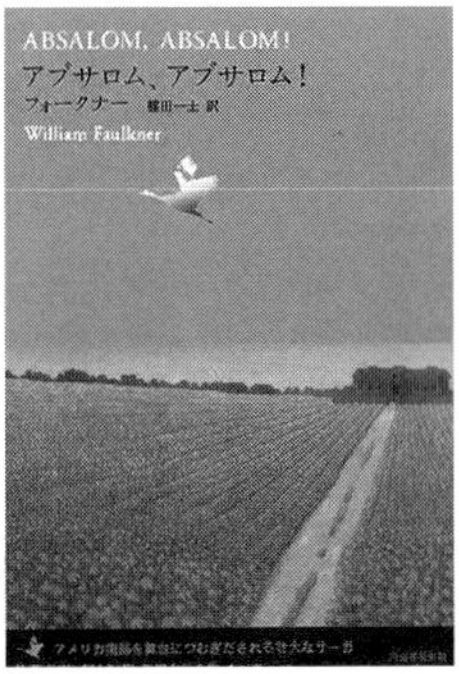

★篠田一士訳／池澤夏樹個人編集『世界文学全集 1～9 フォークナー「アブサロム、アブサロム!」』（河出書房新社）

★高橋正雄訳／フォークナー『アブサロム、アブサロム!』（講談社文芸文庫）

だがこういった場合、過去に高橋訳のフォークナーを含む世界文学全集があったことが推定できる。それを古本屋で探せば安いだろう。

やはりあった。河出書房版（当時はまだ「新社」でなかった）のこれも箱入り大判の『世界文学全集』で、集英社とともに河出の世界文学全集は何種もあるが、こちらは一九七〇年に出た『カラー版』というものだ。挿絵と解説部分にある写真が確かにカラーである。全五〇巻・別巻二巻、の内、フォークナーの巻は第五〇巻。装丁は黒地に金という重々しいもので、洒落た感じでは遠く集英社『文学の扉』に及ばない。また、字はやはり『文学の扉』版に比べると一回り小さい。ただ、挿絵が辰巳四郎によ

★『カラー版 世界文学全集 第50巻』（河出書房）の扉（写真右）と本文（写真左）

るデフォルメの効いた暗いグロテスクな感じのもので、集英社版の明るい水彩風の画よりはぐっと「フォークナー的」な気がした。手にとって冒頭を読んでみると、予期のとおりこちらの方が若干ながら話し言葉的で、私にとっては篠田訳より読み進めるにストレスが少なく感じられた。

　なお、これもほとんど汚れなし、箱はもちろんカバーも帯も付いて六〇〇円だった。今も七〇年代の文学全集を置く古本屋はまことに宝の山だ。

　こうして、ようやく河出書房刊『カラー版世界文学全集第五〇巻　フォークナー』に収録の高橋正雄訳「アブサロム、アブサロム！」を読み始めることになったわけである。

　ところが、だ。

しばらく読むと、この版では、原文でイタリック体になっているところがすべてカタカナ表記とされているのを知った。しかも、「アブサロム、アブサロム！」は全九章の内の第五章がほぼすべてイタリック体、他でもかなり長い部分がイタリックで書かれる。それがほとんど改行なしである。

二段組十何ページにわたって、改行なしでカタカナにところどころ漢字まじりの文が続くことを想像していただきたい。戦前の人はカタカナ書きの文書にも慣れていたかもしれないが、私は無理である。一度だけ、稲垣足穂の「山《さ》ン本《もと》五郎左衛門只今退散仕る」を中央公論社の『日本の文学』版で読んだおりが同じくほぼ全編カタカナに漢字まじりだった。これはこの形以外他にないと思って苦労して読み続けたが、実はひらがな表記版もあると後で知った。

ともかくよほど慣れないとつらい。

では現行の文芸文庫版もカタカナ表記かというと、なんとこちらはひらがなを斜体字にした表記にしてあって、実に読みやすい。かつてのような活版印刷と違い、オフセット印刷だとこういうことが容易いらしい。結局、改めて二六〇〇円出すか、あるいは文庫版を古本屋で探すか、ということになったわけだが、しかし、ここまでに二冊も買っておきながら無駄になるのはいかにも悔しい。そして出した結論が、基本、高橋訳を読むが、イタリック部分だけは篠田訳で、という方法である。篠田訳でのイタリック体の部分は活字が一段小さいだけでひらがな表記なのだった。これなら集英社版も無駄にならない。また手に取る本として私は集英社版の美しさが気に入っている。

さらに、高橋訳でもときおりどうもわかりにくいところがあって、そこを篠田訳で参照してみると、なんだ、これはこちらの方がずっとわかり易かったりする。

つまり一長一短なのだった。冒頭部分こそ篠田訳は愛想がなさ過ぎるが、しかし、こちらも全体として決して難解な訳というのではない。

こうして、一方の訳で疑問の箇所が見つかるともう一方の訳を見るというやり方になり、もはやどちらの訳で読んだかも区別できないような読み方を、二〇一〇年六月から七月にかけてゆっくり続けたものである。それなら原文で読んだほうが早いと言われそうだが、フォークナーの原書なんて私の語学力ではとても無理と確信される。

このような変な努力とともにようやく読み終えたのだが、やはりよかったと思った。これから書くはずの小説にどこか影響してくれるなら歓迎、と思った。とはいえ、先に記したとおり、直に似てしまうのはよくないし、一度忘れてから無意識の、裏からの影響というのが望ましい。

なお当の小説『記憶の暮方』は二〇一一年「群像」誌三月号に掲載された。

【一】

好きなもの
憶えていること

お化け三昧

物心ついて以来、お化けと聞くと落ち着いていられない。「妖怪」もよいが「お化け」というこのややユーモラスな、懐かしげな語が数多くの記憶に接続されているのがわかる。

皆がそうとは言わないが、子供たちは多く「こわい話」好きである。ただ、「ホラー」とシリアスにこられるものではなく、「出たー」くらいのお化け屋敷的な感じを私は特に愛していた。今では『闇の司』のような残酷猟奇を語る者に成り果てたのではあるが。

しかし、そんな極端に至る以前の牧歌的なお化け話や怪奇趣味がいつも帰るべき場所だったのは嘘でない。考えてみると「お化け」と言われてまず想像されるのは墓場や古い日本家屋、そこにある提灯に一つ目がつき口を大きく開けて舌をだらりとのばす、それと唐傘がこれも一つ目、口、舌、一本足、そして一つ目小僧、と一つ目ばかりなのはどうしたことだろう。むろんそれはたまたま一番手近なところで、一グループとしての中に

★鳥山石燕『百器徒然袋』より
提灯の妖怪

★歌川芳員《百種怪談妖物雙六》より
唐傘お化け

はろくろ首ものっぺらぼうも鬼・天狗も河童も含まれる。

その次くらいに「オバケのQ太郎」がいて、これはよく考えると西洋の、シーツを被ったような白いやつで、キャスパーの親戚筋だ。古くはM・R・ジェイムズも消息を伝えた、ゆかしい一族の末裔と想像する。大変日本人的な性格と思われるQ太郎だが、その太郎という日本名の前についたアルファベットQが示すように、実は欧米人ならぬ欧米バケの血を引いているのではなかっただろうか。後にレギュラーとなるドロンパは別して「アメリカオバケ」だそうだが、Q太郎とその兄弟姉妹も、現在は日本お化けの顔をしているが、祖先を辿れば英国周辺、おそらくはアイルランド・スコットランドあたりからやってきたのに違いない。あるいはラフカディオ・ハーンとはその頃友人づきあいもあったのではなかろうか。

ところで、Q太郎はその白いシーツのような布からなにやらむくむくした丸っこい足を出していて、「オバケは正体を見られるとおしまいなんだ」と何度も言い、ときおり、布をめくられそうになって危機に陥るのだが、ドロンパは全身タイツのごとくぴっちり覆われてめくれる部分がない。これでは正体の暴きようがなく、弱みがなく、さばさばと強気のアメリカンとはこういうことだろう。だが、朝になったら消えうせる、というように同じく、めくれたら終わりという果敢《はか》なさ弱さあってこそのお化けではないか。そこもまた幽玄の境地を尊ぶアイルランド・スコットランドと日本の美徳が通底する。

★『藤子・F・不二雄大全集　オバケのQ太郎 1』(小学館)

だが、卵から生れるQ太郎たちは、どうも幽霊とは違うようで、幽霊そのものとなるとやや態度を改めねばならない。それらを学問として問う習いが始まって以来、妖怪と幽霊はもともと別ものとするのが一般的な態度とされてきた。特に河童や天狗、ろくろ首、一つ目小僧、傘化け、見越し入道、塗り壁、化け猫、そういった妖怪ははっきり幽霊と区別される。だが「何かわからない怪」と「幽霊が姿を隠して行なう異変」とに違いを見いだすことも難しい。「お化け」とだけ言うなら妖怪と幽霊といずれも含むのが私たち当時の子供らの認識だった。

かつて私がよく手にした少年雑誌の「お化け特集」といったところでも、墓場に出るものというなら幽霊と妖怪の混成チームだった。というより、怪奇色が濃くなると、より陰気な幽霊話が増えた。怪談として紹介される話も幽霊を語るものが多く、また、心霊写真や「幽霊の残した足跡・手形」などの怪奇記事のほとんどは幽霊についてであった。

ここでの怪奇という視線がそもそも、死体や骸骨、墓場と廃屋といったものや場所をめざしているので、たとえば河童のようなUMA感のある妖怪はあまり似合わない。

何より墓場が基本であったし、やはり死体を模した幽霊的なもの、あるいはその周辺にある器物の化けた、一例あげれば提灯化け、あるいはもう一歩踏み込むなら、死体の腐肉が化けたのだ、と後から教えられた「ぬっぺっぽう」のような化け物あたりまでが墓場組の住人だったことになる。

そこに漂う暗さ陰気さという要素がどこか落ち着き・静けさというニュアンスで意識されだしたのはもう少し後だっただろうか。たとえば楳図かずおは今も私の生涯の作家だが、しかし、ああいった過激さから眩暈に至るような、わがことで言うなら『闇の司』方面へ続く傾向とは異なる、どこか隠者的、世捨て人的で若干は突き放した諧謔も含むような気分のあらわれとしての怪奇、それがこの墓場や廃屋のイメージの心地よさであるのだった。

欧米ならゴスとして確立した廃墟趣味、また墓地派（十八世紀英国の詩の一派）、そういった死やメランコリーとの戯れが歴史としてあったが、その頃まだ知りもしない。しかし、フィッツ＝ジェイムズ・オブライエン描くところの「墓を愛した少年」のような外向きでない、人であることは止めがたいにもかかわらず生の人とは接するのがつらい、そんな内気な人のための慰安の表現のひとつとして墓も廃屋もあったのではないかと思う。

すると、人くさい執念を具現化することの多い幽霊だけでお化けを語るのはどうも残念という気もあって、そこから水木しげるの妖怪絵、また当時大映映画として公開された「妖怪百物語」（一九六八）、「妖怪大戦争」（同）、「東海道お化け道中」（一九六九）の三部作に出てくる縫いぐるみ的な妖怪たち、物質的身体性に富む「お化け」により心奪われることとなる。

★「妖怪百物語」DVD

多くの人たちが言うように、特に妖怪三部作映画に登場する妖怪たちは怪獣ともどこかで筋を同じくしていて、当時の男子として例にもれず怪獣好きだった私は、怪獣とは違うが異形という上位カテゴリーからともに並ぶ妖怪をも愛したのだった。それらは執念怨念によって生じる幽霊族と違い、無意味なおかしみがあって、興味本位で、かつ楽しげである。詩歌でいうならどこか俳句のような、あるいは川柳のようなところがあるように思う。

そういう異形たちへの愛を、私と同じく持ち続けた人たちの成果が二〇〇五年角川映画版の「妖怪大戦争」で、あれを私はいい齢をしてわくわくしながら見た。この映画について、今ならばこその口さがなさで不備をみつけては云々する向きもあろうかと思うが、一切認めない。あれだけ妖怪の楽しさを無理なく描いてくれれば文句はない。敢えて言うなら、ああいう遊び心を喜べない者に幸せはこない。

と言ってから、私にとってお化けは幸せの一形態であったと今知った。お化け。なんという楽しい響きだろうか。

★「妖怪大戦争」(2005年版) DVD

骸骨の思い出

幼少期をやや過ぎたあたりの頃と思うが、プラモデルの骸骨を買ってもらった記憶がある。そうしたものが好きであった。

大きさは十五センチ程度と記憶するが子供の基準ではもう少し大きく見えたかも知れない。いずれにせよ手に乗せて遊ぶくらいのものだ。手足の骨は芯に糸を通し、すべてつながるようになっていて、全身可動であった。出来上がりだけ見ればよくキーホルダーになって下がっている土産の骸骨とあまり変らないが、大きさがもっとあるのと、キーホルダーよりはずっと立体的かつ精密で、本物の骨格の縮小模型と言えたようだ。あばら骨は一本一本離れており、頭蓋骨と顎も僅かながら動くようになっていた。

理科用の教材にしてもよいようなものだが、その種の学術的目的と異なるところがあったのは、素材の白いプラスティックに夜光塗料を含ませてあり、暗いところで薄緑色に光ったことだ。科学的な興味にとってこれは必要ない。この特性があるため、当骸骨は教材よりお化けの側に近づく。

子供の手であるからいろいろと不器用なところ、接着剤のはみ出たところやバリの取れていないところ等、あったものと思うが、組み立ててみるとなかなか自慢できそうなできで、彼は、というのはどうも私はそれを男性と考えていたからだが、彼はしばらく私の友人であった。骸骨は他の生首や幽霊のようなお化けたちと違い、肉がなく、肉とともにある恨みとか執着とかも捨ててきたような風情からか、なにやら達観したようにも見え、ユーモラスですらある。

彼を一人の友人として遇するに、何か特別ななりをさせてやりたいと思い、家にあった白黒格子の端切れを使って上下揃いのスーツを仕立てたことがある。

私は針仕事そのほかの家庭科でやるような仕事がそこそこ得意であったので、布を切り、二枚あわせの形にして手縫いで上着とズボンを縫い上げた。上着の襟と止めのホックだけは手に余ったので、祖母に手伝ってもらい、どうにか完成したものを彼に着せてみると、なかなかのダンディに見えた。

ずっと後にティム・バートンのアニメーション「ナイトメアー・ビフォア・クリスマス」を見ることになるが、このとき既に私のもとにはジャック・スケリントンの眷属がいたものである。ただ、デフォルメされて丸顔のジャックに比べると彼はよほどリアルであり、実写版と言えたわけだ。

以後、彼は長らくスーツ姿の骸骨男であった。帽子もあればよかったがそこまで調達するのは私には無理だった。

あれほど仲がよかったのだから名前をつけておけばなおよかったと思う。いつもただ骸骨で済ませていた。ときおり上着のホックを外し、あばらを見せるのもいなせで、ズボンの細長い足がきわだった。

こういう好みをただ骸骨好き、とだけ言うのは何か言い足りず、あまりそれをよく示す言葉がないようだが、考えてみれば骸骨と髑髏の表象は古い。人間が死んで肉がなくなれば自然と現れてくるものだから当然で、その経緯からまずどこの文化圏でも、骸骨・髑髏は死を意味する。

しばらくしてようやく余裕ができ、文化が爛熟してくると、それらはそこはかとない死との戯れを思わせつつも、もっとキャラクター化あるいは様式化され、さらに愛好の対象となると、怪奇趣味といった分野での重要な役者となる。その途次には暴力的な海賊のマークや、危険な毒薬のサインとして振舞った記憶も豊富に蓄積されている。

★プラモデル「黄金ドクロ」。箱のデザインには何パターンかあり、これはそのひとつ。

　ところで玩具としてもうひとつ、こちらは全身ではなく、頭部だけだが、ほぼ同じ頃、「黄金どくろ」というこれまたプラモデルを買ってもらい、親しんだことがある。

　こちらは、文字通り金色に塗装され、表面を細かくつや消しされた握り拳大の頭蓋骨なのだが、ぜんまいが仕込まれていて、螺子を巻いて離すと、顎がかたかたかた、と動き出し、机の上に置けばその振動によって前進してくるという実に優れたもので、こちらもお気に入りであった。

　玩具店に売られているのを見た父は「これは悪趣味だ」と呆れたように言ったが、ともかく趣味の違いを超えてしばらく後に所有を認めてくれた父の寛容さには今更ながら感謝している。

　プラモデルであるから、箱に入っている。その箱には、もうよくは記憶していないが、夜の墓場だろうか、どこだったろうか、墓石か何か不穏なものどもを背後に、顎をひらいて笑ったような髑髏が大きく飛び出てきている、といった絵が描かれていた。

このあたりが私の「懐かしい怪奇」の原点に近い。実は学校・幼稚園でのそれ以外には、空き地でおじさんが語る紙芝居、というのは見たことがなく、ちょうどその次世代の「貸本」を理髪店で読むことができた者なのだが、「黄金どくろ」の箱絵はなんとなく貸本にもあったようなやや泥臭く怪奇みなぎる絵柄だったと、今、思える。

★実写版「黄金バット」

そういえば、紙芝居での骸骨面のヒーローと言えば黄金バットだが、これも私の場合は、初めて映像として見たのが紙芝居ではなく、実写映画のそれである。そのしばらく後に『少年キング』だかの少年誌に連載されていた漫画と、ほぼ同時にテレビアニメとして放映されたものとを知っている。

この黄金バット実写版の監督というのは、後で知ったが佐藤肇であった。映画「吸血鬼ゴケミドロ」やテレビドラマの「悪魔くん」で知られる人である。ストーリーは分かりやすいSFヒーローアクションの典型だが、そのヒーローの顔が、実写で髑髏のマスクというのは当時でもかなり異様であった。眼球はなく眼窩となっており、歯がむき出しで、どう見ても妖怪や悪魔の顔なのである。後に漫画・アニメ化されたものを見ると、それなりにシャープかつヒーロー的なフェイスになっていて、ややウルトラマン的なので、あまり衝撃はないが、この実写の黄金バットが、夜中に突然現れたら子供は泣くだろう。

だが、意識してかせずしてか、私は、この不気味な、醜いといってもよい実写版黄金バットを好み、後にシャープな漫画アニメ版を見ると物足りないくらいであった。確かな物質性のある、異形の、怪奇なヒーローというところがよかったのだろう。今ならダークヒーロー、とでも言うか。バットマンがその方向性にあるタイプだが、あれほどクールに洗練されていない。とはいえ、いずれも蝙蝠つながりで、遠く、彼方からはドラキュラ伯が見守っていることだろう。

貸本漫画の消えそうな記憶（怪奇残酷漫画編）

一九六〇年代に幼少期を過ごした者であれば、かろうじて記憶の届くところに当時の貸本漫画がある。自分の場合、貸本屋自体は近所になかったので自ら借りたことはないのだが、このころ、行きつけの理髪店では子供の客が待ち時間に退屈しないよう、一定数の貸本を定期的に交代させながら置いており、私はここで何冊も読んだ。ただ、待ち時間に限定されるので、全部読み終わらないで順番が来ることもあり、また、不定期にときおり散髪に行くだけだから一貫して読めたシリーズもない。それで夢のように断続的断片的な記憶だけがある。

中でとりわけよく記憶しているのが怪奇漫画の場面場面なのだった。むろん貸本が怪奇漫画ばかりであったわけではなく、アクション、ミステリー、SFもあればスポーツもの、恋愛ものもあったのだろうけれども、私の興味がそちらに向いていたため、どちらかと言えば怪奇恐怖を求める漫画ばかりに眼が行った。とはいえ、確かに六〇年代半ばは当時の貸本には、少し後に多く出始める少年雑誌漫画(初期は月刊誌)と比べても怪奇ものの率が高かったように思う。『なんとか怪談』と題して定期的に刊行される怪奇漫画主体の短編集が多くあった。むろん当の理髪店店主の選択による結果なのではあるが。

それと、さらに後の『少年マガジン』等、大部数の週刊少年誌での状況と違い、その表現は性的描写以外ならほぼ無法状態だったとおぼしく、今思えば驚くべき残酷描写とグロテスク描写が見られた。リアルタイムでは読んでいないが、平田弘史の『復讐つんではくずし』や『血だるま剣法』も貸本用として描かれたはずである（これらは差別問題から長らく絶版だったが、その理由は主に部落差別を助長するからというもので、残酷描写から発禁になったのではない。なお、そのストーリーは徹頭徹尾部落差別の理不尽を憤る内容であって、一部表現の不用意を別にすれば差別助長というような非難はもともと的はずれでもあった。詳しくは『血だるま剣法　おのれらに告ぐ』掲載の呉智英氏の解説を参照）。

ところで「怪奇」と「残酷描写」とではそのモティベーションがやや異なる。グロテスクなものの表現は明らかに怪奇だが、身体損壊の激しさなどは怪奇であるよりは恐怖あるいは衝撃の強さを求めるところから来る。どうも私の記憶する怪奇漫画、特に時代ものでかつ怪奇という線の漫画にはこの身体損壊描写が非常に頻繁であったように思う。

★平田弘史『血だるま剣法』（貸本）

右に記した平田弘史の残酷時代劇画はどれもそうだが、当時私が目にして驚愕したもののほとんどは現在も復刊されていないように思う。作者名・題名を言えればよいのだが残念ながら十歳以前の私にはそうした情報を保持しようとする意志がなかった。おそらくこの先、いかに情報が完備しても自分の記憶にある貸本漫画をすべて再び見ることはできそうにない。

ならばせめてどんな場面があったか、いくつかをここに記しておこう。

それは武術者たちの決闘を描くものだった。忍者だったか武士だったか、一人、剣でなく、鞭を用いて敵を倒す名人がいて、しかもその鞭には中にピアノ線のような鋼鉄の線が入れてあるという。そのため、敵の身体に巻きつけて強く引くとまるで豆腐を切るように相手の身体が縦横に切れてしまう。敵の顔へ十文字に巻いた鞭が顔を十字に切ってゆく描写があった。よく考えればいかに芯に鋼鉄が仕込まれているとはいえ、こんなことはとてもできない。以後の時代漫画でもこんな描写を見たことはない。貸本ゆえの荒唐無稽の自由であったか。ただしかし、ずっと後に、SFサスペンス映画「CUBE」や映画版「バイオハザード」などで、回廊に閉じ込められた登場人物たちに向こうから斜めの網目状になったレーザー線が迫ってくる展開があり、このレーザーによって何人かが切り刻まれてしまう描写がちょうどこの漫画と似ていた。方法は未熟だったが、後のハイテク残酷描写を先取りしていたと言える。

次に、これも武士の話だったが、決闘を描くものではなく、どうも独裁的な君主もしくは名のある武家の主人が、情痴による怨恨からか、部下あるいは同輩を捕らえ、酷い責苦の上殺した、というような展開が先にあったらしい。らしいというのはそこを読んでおらず、その後の結末近くだけを読んだからで、それでもおよそのストーリーは知れた。これは確かに怪談でもあり、被害者は幽霊となってその家の主人に祟る。それによっていかなる殺され方であったかもわかった。主人が一人いると、部屋に血まみれの両手両足が下がってくる。驚いた主人が逃げようとすると幽霊の本体が現れ「どうなさった、あなたが切断なさった私の手足ですぞ」などと告げる。着物を着て伏せるようにしていてはっきりはしないが、それらと別にいる幽霊本体は手足がないのだろう。この後主人は型通り狂乱して死んだのだと思うがそこははっきりしない。そうなったはずであるとだけ憶えている。ともかくこの殺し方がよほど酷いものであったのだということが強く印象に残った。

が、そちらはそれでも復讐ができているからまだしもである。もうひとつ似たような展開の無残物語で、これはどうも暗君による仕打ち、などではなく、主人公の武士が、ある義心からだろう、どこそこ藩のようなひとつの組織全体あるいは君主および家来全員を敵に戦おうとして敗れ、囚われ、しかし何かの理由から殺されず、両手足を切断され眼も潰されて屋敷奥の座敷牢に幽閉されるという話だった。主人公はそれでも抵抗をやめず、体で壁にぶつかり続けているというところで終わりだったのが何より衝撃で、何の解決も救いもない。その動機は知れないが確かに主人公はある義のために無謀な抵抗を行なったのであったように記憶している。するとそこに理も誠もなくただもう抑圧的な無残だけがある。後の漫画『シグルイ』（南條範夫原作・山口貴由画）にもこれに近い虚無的なテイストはあるが、こちらには『シグルイ』のように肉が弾け飛び散る派手なアクションもなく、ただただ権力によって完全に去勢される義の人の運命を陰々と語る絶望感が心を刺した。なお、『シグルイ』の原作者、南條範夫は、明記されてはいないが平田弘史の『復讐つんではくずし』およびその改作『大地獄城』の原案となった短篇「復讐鬼」（『残酷物語』所収）の作者でもあり、また映画「武士道残酷物語」の原作者でもあって、日本の時代残酷物語の大半はこの人が作ったと言ってもよいように思う。

さらにまた、思えば右ふたつのように、封建時代の暴君が過度の身体的損壊により主人公の自由を奪い尽くし苛み尽くすという展開は、これも貸本時代より少し後に雑誌『別冊少年マガジン』で読んだ楳図かずおの「復讐鬼人」と同じだ。「復讐鬼人」も題名どおりどうにか復讐は果たされるが、しかしこれは復讐自体より、舌を抜かれ両手を切り落とされ、さらにあまりの理不尽に対し反逆すると脚の腱を切られ、と主人公が身体損壊されてゆくさまがひとつひとつ順を追って克明に描かれるところが主となっていた。

一方、時代物とは違うもので、また、水木しげるの作品であるか、あるいはもしそうでなくとも水木と何かのかかわりがあったであろうと現在推測される、墓場の鬼太郎らしい者が地獄巡りをする怪奇漫画もあった。貸本版以来の鬼太郎は飽くまでも怪奇漫画であって残酷漫画ではないはずだが、これは怪奇を表看板としているものの、描写が大変リアルに残酷だった。水木しげるの『墓場鬼太郎』あるいは『墓場の鬼太郎』では、鬼太郎が地獄へ降りてゆく話がいくつかあるけれども、どれも地獄とは言いながら死後の異世界、黄泉の国、といったいくらかシュルレアリスティックな場面の面白さをメインに描いていた。またそこで鬼太郎は出入り自由の気楽な住人だった。だが私がかつて貸本で読んだものには、確かに鬼太郎らしい登場人物やねずみ男らしい者が出てはいたと思うのだが、ある理由から心ならずも非常に危険な場所としての地獄へ落ちてしまい、しかも捕まらないようひたすら逃亡し続けていて、隠れながら地獄の鬼たちの所業を覗き込むという場面がある。そこでは亡者を切ったり潰したり皮を剥がしたり焼いたりと、散々な地獄の劫罰がかなり写実的な絵で延々と展開していた。

それらはもともとの、中国の刑罰由来の伝統的な地獄描写そのままではあるのだが、鬼太郎の名のもとにこんな話があったものだろうか。水木しげるの作品にもいくつか残酷描写を含むものはあるが、私が記憶しているそれほどの執拗さで、しかも閉塞的な状況で鬼太郎たちが追い詰められるというそんな話はなんとなく似合わないように思う。であれば可能性としては、版元との関係の悪化から別の版元へ移った水木しげるに代わり、続編を描いた竹内寛行という作者による竹内版『墓場鬼太郎』なのではないかとも考えたが、現在この竹内版がなかなか手に入らない。しかも、いくつかの紹介記事に参考として掲げられた竹内版鬼太郎の画はどれも私の記憶にある地獄絵のタッチとは大きく違う。もちろん入手して全編確認してみないとわからないが、いくらかの簡単なストーリー紹介と参照画像から考える限りどうもこれではないようだ。ならばやはり水木しげる版しかないだろう。二〇一三年から『水木しげる漫画大全集』(講談社)が刊行され始めたことであるし、その気があれば確かめることもできるはずである。

だが、私はそれでももうひとつの、あまりありそうにない可能性を想像するのだ。貸本漫画の世界は現在考えられるところの著作権というようなものにはほとんど無頓着であったと聞く。ならば、オリジナル作者の了解もなく、売れ筋の漫画の続編を勝手に刊行する「バッタもの」も結構あったのではなかろうか。それは現在、著作権法的に許されないからおそらく二度と再刊はできないが、もしそういうもののひとつに、小規模に内緒で鬼太郎のキャラクターを使って、別人が、より衝撃を求め残酷場面を強調して描いた『無残版墓場鬼太郎』とでもいうべきものがあったとしたら。私が読んだのがその偽鬼太郎の一場面だったとしたら。貸本の世界は聞けば聞くほどアナーキーである。到底全貌が知れない今のところは、あるいはこのようなこともあったかも知れない、と記しておく。

貸本漫画の消えそうな記憶（少女漫画編）

前回に引き続き、記憶する貸本漫画について記す。

とはいえ、明確な絵柄の思い出せないものが多く、また完全に忘却したものも確認はできないが多数あるだろうと推測され、欠落ばかりの残念なことではある。

怪奇漫画は自分の興味の向くところだけあって、曖昧ながらいくつも記憶に残ったが、アクションものはイメージ程度しか思い出せないし、スポーツものに至っては手にとった憶えもない。後の私の指向が五〜十歳くらいの年齢ではや如実に現れていたように思う。さて、私は『ゴシックハート』『ゴシックスピリット』と『抒情的恐怖群』『闇の司』の著者であるとともに『少女領域』『神野悪五郎只今退散仕る』の著者でもあるが、前四著を成立させる傾向が当時、怪奇漫画を手に取らせたのだとすれば、後二著の傾向は少女漫画に向かったはずで、しかも、その中の今もよく想起できる一作品には三十年後の『少女領域』に通ずる、ある特徴があった。が、それについては後半でお伝えする。

ともかく、怪奇漫画の次に気になったのが少女向け漫画であったのは今思えば偶然でもないようで、すると「貸本版少女向け怪奇漫画」といったものがあれば、必ず読んでいたはずだ。後に貸本漫画作者たちを起用したひばり書房や曙出版からコミックス版の怪奇恐怖少女漫画が続々と刊行される前夜のことである。また、八〇年代以後発行されてゆく少女向けホラー漫画雑誌の、これが源流ということにもなるだろう。だが、そちらの方にあまり多く憶えがないのは、これも私の通った理髪店店主(前節でも述べたとおり私は貸本漫画をすべて近くの理髪店で読んでいた)の選択によってのことかも知れない。そこでは男性向きの時代もの探偵ものが主だったのだろう。

そんな乏しい中、珍しく少女漫画で怪奇もの、と一応は分類されるだろうけれども、しかし、どう考えてもこれは怪奇というよりはミステリーを装った「厭漫画」とでも呼ぶべき一作品を非常に印象深く記憶している。

長い話ではないので、短編集の中の一作だったのだと思う。

郊外のとある裕福そうな、ただしかし何やら怪しげなところのある大きな屋敷に確かメイドか何かのアルバイトとして、高い給与を目当てにやってきた少女の話で、全体の絵柄は比較的明るく、怪奇劇画的な暗さはないすっきりしたものだったが、物語としては正調のゴシックロマンスあるいはミステリー、スリラーの形式をとっていたのだな、と今なら言える。当時の私は、ゴシックロマンスという呼び方は知らなかったものの、「吸血鬼ドラキュラ」を始めとする西洋怪奇映画には親しんでいたので、この始まりは怪奇ものの常道としてすんなり入り込めた。

その屋敷に住まう若い主人が、最初は愛想がよくも見えたのだが、どうも何か隠しているらしい。といったところもいかにもゴシックロマンスである。特別の仕掛けを用いて少女の様子を覗き見ているといった描写もあったように思うし、続いていくらかの展開もあったはずだがそこはあまり記憶にない。ただ確かにさまざまな形で意図の知れない主人と屋敷の不審さが強調されていた。

そのうちに、少女のためとして大変豪華な夕食が用意され、来館の動機からもわかるようにあまり裕福でないらしい少女は喜んでそれを食べる。主人はただ眺めている。少女は、大変美味である、こんな美味しいものは食べたことがない、といったようなことを伝える。

と、ここで、親切そうだった主人が一変して、笑い出すのだったか、あるいはいきなりこれを見よ、と言うのだったか忘れたが、ともかく、「これが今、君の食べたものだ」と言って、別に隠してあった食材を見せる。

それが蚯蚓や蜈蚣《むかで》、芋虫、蠍、蛇、蜥蜴、鼠、土龍《もぐら》、といったもので、主人はひとつひとつ「蚯蚓の佃煮、蜈蚣の天ぷら、……」と出された料理の子細を語る。それを見、聞いた少女は驚き、嘔吐する。この主人はいつもこうして、給与目当てで来た者にいかものを食わせ、それを知った者たちが驚き嫌悪するのを見て楽しむ趣味があったのだ。

これだけなのである。話はここまでで、げえげえ吐きながら恨めしそうに主人を睨む少女の絵の背後に、ナレーションとして、「世の中にはこういうふうに人を弄んで喜ぶひどい人間がいるのである。そういう者たちこそ屑である。許せないことだ」といった、取ってつけたような説教が記されて終わる。

複数の意味で酷い話である。その酷さはまず、怪奇もののシチュエーションを用いながら、ときにこの世の何かを超えてしまいそうな契機となる怪奇と恐怖を描くのではなく、ただ嫌悪感をもとにした単なる世俗的嫌がらせを拡大して描いて見せるという期待はずれの結末による。サスペンス映画「何がジェーンに起こったか」だったか、食事として運ばれた料理の蓋を取ってみると鼠の死骸が乗せてあるという場面は有名で、これに近い衝撃の結末ということではあろうが、深い憎しみといったような動機があるわけでもなく、さんざん思わせぶりに語っておいて、こういう落ちではどうも納得できるものではない。もっと話を続けて愚劣な主人の破綻なりそれへの復讐なりといった逆転でも語られればそれなりに面白いのに、そうする努力の代わりに説教で締めて終えるというのは物語の放棄、怠惰ではないか。何よりその裕福だという主人の卑劣な意地の悪さを見せつけた後、ただ朴念仁の教師が諭すように「これは悪いことの例です」的な解説をつけるばかりなので、解決のないいじめの現場を見せられたような厭な気分が残る。

というよりむしろ、そこで行われている行為があまりに幼稚な嫌がらせであるところに私は自分が子供ながらも「子供っぽいなあ」と呆れた、のではないかと今思う。

この漫画の困ったところは、それなりにサスペンスを盛り上げていった結果、出てくるものがただの意地悪とそれを喜ぶ幼児的な男という腰砕けな展開にある。その一方で、少女は被害者であるにもかかわらずどことなく見下され、そのさもしさを揶揄嘲笑される風な語り方がされていた気もする。語り手が「こんなひどいことがあるのだぞ」と告げながら、ただ貧しいというだけで騙され嫌な目に遭わされる少女には何の同情もなく、昆虫を眺めるような視線でいるというのも気持ちのよいものではない。そのため、加害者への憤慨や被害者への同情は捨て置いて、いきなり末尾にきたところで大上段に「世にいる性悪な者たち」を糾弾して見せ、自分だけ正義でいようとする語り手の口調が無神経に思えてならなかった。

しかも、社会批判的な口調で落ちを説明しながら、実のところそうした批判を口実に、見世物として露悪的な話を作り上げる作者の狙いが子供の私にも透けて見えた。作者自身が他者を苛むことに愉悦を感じ、存分に描くというのならそれでもよいのだ。そこをサドのように開き直らず、飽くまでも社会倫理を盾として、語り手には公式的教条的な言葉だけを語らせる。だが物語の核心にあるのは、どう言い繕っても他者への低レベルな嗜虐の喜びの顛末だ。偽善的なのである。むろん偽善はかつて戦前の変格探偵小説がそうであったように、陰惨な猟奇を発生させる基本的姿勢であって、猟奇を好む者として一概にそれを否定はしない、が、そのちょっと笑いさえ誘う稚戯めいた、しかし書く側はどこまでもシリアスであろうとしているらしい嗜虐の方法と、独善的な正義の表明で終えてしまおうとする安易な語りには、どうも志の低さが感じられたということだ。

「酷い話」というのはたとえば楳図かずおにも水木しげるにも多くあるのだが、そういう作家たちの描く意味での酷さとは違う。物語内容の残酷・陰惨・怪奇・衝撃・恐怖の度合いの強さによる酷さならどこまででも歓迎である。そうではなく、物語を作る姿勢の酷さに呆れた、ということなのである。

最初の感想は「何かとてもヒドい。なんだろうこれは?」だった。それから何度も思い返しているうち、右のような見解に至った。

またさらに考えるうち、わざと知らせず気持ちの悪いものを食わせるという行為は卑劣ではあるが、とはいえ、毒を盛られたわけではなく、食べている間、少女は確かに美味と感じたのだから、どんな食材であってもそれほどうまく料理されていたならそれもよしか、という無責任な感想も出た。こういうことはされたくないけれども、もし自分がこれらのいかもの料理を食わされたとして、後で知らされると確かに気分は悪くなるかも知れないが、毒でないとわかれば、珍しいものを食った、で済むところもあるか。自分の場合、蛇、蜥蜴、蠍、鼠、土龍なら、無毒で真に美味に作られていれば平気である。蚯蚓と芋虫と蜈蚣はやっぱり嫌だが、しかしこれすらも確実に無毒で美味というのなら。最近では昆虫食ということも真面目に行われているようではあるし、実際、昆虫は良質の蛋白質を含むとも言う。それでも昆虫ならぬ蚯蚓だけはちょっとどうかと思いはするが、例の、某有名ハンバーガー店で原料に蚯蚓を使っている、という都市伝説（虚偽である）を知った時も、よく管理され食べて旨いならそれでよいと思ったことはある（実際には「美味しい蚯蚓料理」には大変な手間とコストがかかり、今のところ誰もやらないとの話も聞いた）。結局のところ、この「厭な料理」への嫌悪感も、習慣によってそう思わされている部分が大きいのだ。

だが問題はそこでないこともわかっている。やはりこんな嫌がらせは不快である。

と、さんざん批判してみたが、これほども語ってしまうまで、この珍妙な嫌がらせ漫画が私には印象深かった。その忘れられなさという意味では大変貴重な作品とさえ言える。嫌悪に訴えかける物語は、厭なものほど記憶に残るようだ。とはいえ今もそれを賞賛する気にはなれない。やはりどこまでも酷い漫画なのであって、決して名作ではない。だが不条理なインパクトがそれを忘れさせない。こういうところが貸本漫画の魔力と言えそうだ。

さて、もうひとつ強く記憶する作品はこんな嫌悪作品ではなく、むしろ憧れを誘うものである。以下は文字通り口直しでもある（はずだが）。

作者の名は不明だったが、題名もしくはシリーズ名ははっきり憶えている。『シルクちゃんハットちゃん』という。

主人公が二人の少女で一方がシルクちゃん、もう一方がハットちゃん、細かいことは忘れたが、この二人は「少女探偵」で、ミステリーものだった。しかも常にイブニングコート（のように見える礼服）とシルクハットを身につけ、ステッキを手に持っている。ダンスショーなどに見る女性のステージ衣装を想像していただけると近いが、ただし、長ズボン姿であって、バニーガールのような「色っぽい」方向性はない。

一応その装束の理由らしいものは用意されていて、彼女たちのシルクハットやステッキ、あるいはその衣装のあちこちに、さまざまな仕掛けが施されているというものだ。かつての007などのスパイ映画をいくらか意識して書かれたのかも知れない。

とはいえ、仕掛けならむしろ普通の衣服にわからないよう仕込む方がよいわけで、結局、この装束というのは、宝塚的な、あるいは『リボンの騎士』的な、男女両性具有的イメージを二人の少女に付与することを念頭に置いて考えられたものだろう。探偵という役割がそうした「男性の装い」を選ばせたとも言える。

絵はこれも明確には記憶がないが、たしか、当時の「少女漫画」風のやや丸顔、大きな眼、睫毛の長い美少女型の二人だったように思う。衣装・背景もまた当時の少女漫画に近い、あまり陰影の多くない画風ではなかったか。

　性格はシルクちゃんがより美人らしい静かなタイプ、ハットちゃんは活動的なタイプで、後者がややコミカルな部分を請け負うことになっていた。よく憶えているのは、冒頭、ナレーターとハットちゃんとのかけあいがあって、シルクちゃんの紹介にナレーターが「シルクちゃんはその名のとおり絹のようにしとやかな……」と褒め、次にハットちゃんの紹介には「ハットはつまり帽子。それだけで……」というような言い方で、褒めようとしないため、本人がナレーターをこづきまわし、「ハットするほどの美人とかなんとか、そういう紹介の仕方ができないのかー！」と怒るシーンで、これによって二人の性格設定がスムースに受け入れられた憶えがある。

　ストーリーはすべて忘れたが、この二人が協力して少々危ない橋も渡りつつ、難事件の謎を暴く、という、なかなか期待の持てるものだった。

　しかし、私自身が面白いと感じたのはさいぜん述べたとおり、ストーリーではなく、二人の少女の特異な衣装と役割といったシチュエーションだけであるらしい。どうもそちらばかり憶えているのである。ストーリーものであったはずのこの漫画だが、私という読み手にとっては、両性具有的少女の在り方を描く仕掛けの提出という意味でのみ重要であったことをそれは示している。

　まず当時（五〜八歳くらいか）の私は、少女でありつつ探偵をもこなせるというある種の強さ、賢さ、冷静さ、そして、いかに周囲から浮いて不似合いであったにしても大人の男性のフォーマルな装束の代表であるイブニングコート・シルクハット・ステッキという、おそらくそこからはダンディな怪盗ルパンが連想される、そういう、成人男性の最良の部分までもちょいとつまみ取りしつつ、やはり愛される美少女であるという、その「すべてを手にしている」感覚を愛したのだろう。

「少年探偵」では、「魅惑する」部分が（大正時代前後ならともかく昭和期半ば過ぎでは）抜け落ちる。その代わり、こちらには少年探偵ほどのアクションはなかったように思う。ただ、身につけたいろいろの仕掛けによって（具体的にはほとんど忘れたが、確かステッキの握りの部分を外してどうかするものがあった）、苦境を脱するというように及んで、小林少年にも似た、少年探偵のそれと変わらない冒険への期待をも感じさせるところはあった。

さらに、二人で一組の彼女たちには、一方に冷静、一方に行動的、といった性格が与えられることで、前者が他者から礼賛される外面、後者が語り手・自意識としてコミカルなところまで踏み込みうる内面、という役割となり、二人で一人の、これも「全て手にした」調和的人格を形成するように受け取られたのではないだろうか。

また何より、けっこうどろどろした愛憎の織り成す犯罪事件の中にあって、この二人は飽くまでも探偵なので、自身が誰かを愛したり愛されたりという当事者性がなかったか、乏しかったようだ。その点、煩わしい大人的恋愛という、私にとって最も興をそぐ要素を排除していたことも大きい。

その意味で二人は、望ましい「少年的少女」なのであり、こうした理想像の追求が後の私に『少女領域』を書かせるのである。

ところで、長らく『シルクちゃんハットちゃん』の作者を知ることができなかったが、たまたま最近、ネットを検索してみて、横山まさみち氏の初期作品とわかった。

しかも横山氏は『やる気まんまん』（オットセイのように描かれる主人公の男性器が貝の様式で描かれる女性器と対戦し修行を続けるという新聞連載漫画）の作者でもあったことを知った。

ガーン……

とうに死線を越えて

「死を想え」という決まり文句は既に数百年も囁かれ続けてきたものの、今に至っても、デュシャンの墓碑銘にあるという「されど死ぬのはいつも他人ばかり」というのがごまかしのない実際のところである。自らの死を意識できないのが死であるからだ。

そこで、先に逝ってしまった死者たちへの、残された生者からの一方的な想像がいくつかの伝統的なあるいは奇抜な仕掛けを用いて繰り返される。ゴーストストーリーはその典型である。

だが幽霊のように非物質的で曖昧なものでなく、れっきとした身体性を持つ死体たちが生々しい腐乱の痕を誇りつつ、ぎくしゃくとスクリーン上を歩み始めたのがおよそ一九八〇年代からということになる。むろん甦る死者の映像というのはもっと以前からあるが、自ら動き生者を襲う死者を描く映画が量産され始めたのはこの時期より後だ。「リヴィング・デッド」と矛盾した呼び名でしか形容されない彼らはさらに不正確な「ゾンビ」という名で親しまれたが、ネクロマンサーに操られもせず勝手に人を食う彼らの通り名が本来の意味とは異なってしまっていることも知る人は知ったうえでのご愛嬌だった。

なお文学上の表現を辿れば、さらに古くから、たとえばポオの小説やボードレールの詩には、甦る死者や、あるいは腐乱死体とそこに這う蛆までが描かれたものだが、しかしそれらは本来抽象的なポエジーが特殊に突出した例で、既に十八世紀、「墓地派」と呼ばれた詩人たちが演出して見せた、死を想念する生者のメランコリーと原理的には変らない。言葉は禍々しいが目を背けさせるというものではなく、飽くまでも屈折した美意識の成した結果なのだ。

それに対し一頃大量に製作され、今も先行作の流儀を受け継ぐ「ゾンビ映画」の数々に登場するリヴィング・デッドたちの惨憺たる様子ときては、映画ゆえ臭気こそないものの、かつての、まだそこにポオ的な様式意識の見られた「怪奇映画」の映像に比べれば身も蓋もなく、あからさまも極まれば丁寧に内臓まで披露してくれる。生々しく抽象性に欠け、従ってロマンティックなものとして語られる契機に乏しい。

そうした惨状を美意識の欠如として嫌悪し、「古きよき怪奇」を求め訴えた人々も八〇年代初めにはいたし、私自身はより陰惨な映像を多く好むにしても、その否定の言葉を「新しい動きについてゆけず後ろばかり見ている」と批判する気にはならない。そもそもかつてのゆかしい怪奇映画も、現在の強烈な恐怖映画も、決して前向きなものでないところで同じではある。ひたすら過激であれ、アナーキーであれ、と焦るよりも、緩くふやけた後ろ向きの楽しさが好きな人はいるし、何らそのことを恥じる必要はない。

が、想像の連鎖とは不思議なもので、腐敗し損壊され殺伐として荒涼たる土地にもいつしか美意識は芽吹く。いや、美意識とだけ決めては不備だ、たとえば感傷でもよい、べろべろと内臓を引きずりながらよろめき歩き、襲いかかってくる穢いリヴィング・デッドの固定観念からはやや離れた、美しい生ける死体、悲しい生ける死体、というロマンティックな発想が、一九九〇年代後半あたりから少しずつ見いだされ始めたように思える。自著『ゴシックスピリット』で例示したのは『水野純子のシンデラーラちゃん』（二〇〇〇）という「かわいいゾンビ」を描くフルカラーの漫画だった。また、その後知った、田中六大という作家の『ZOMBIE』という短い台詞なしの漫画（二〇〇六）は、ある青年の死んだ恋人がリヴィング・デッドとなって墓から這い出てくる様子、二人がさまよう街の夜を、きわめて静謐に描いた佳作である。

　こうしたセンチメンタルな話は、九〇年代以前であれば、おそらく恋人が「可憐な幽霊」とし

★図版は田中六大『ZOMBIE』より（自費出版物）。　http://www.rokudait.com/

て描かれていたことだろう。リヴィング・デッドであろうが幽霊であろうが、還ってくる死者という意味では変らない。田中の作では腐敗損傷の様子は描かれていないし、甦る女性が空腹を訴えるところはあるが人を襲うのではない。

ただしかし、愛する死者を、確かな物質性とそれゆえの壊れ易さ、さらには食欲まで備えたリヴィング・デッドとして想像することは、スピリットだけの幽霊を思い描くより一層、相手の具体的存在性への希求を深めているように思う。このとき、ようやく見いだされるものといえば、その人が十全であった頃の淡くプラトニックな面影ではなく、いずれ損壊し荒廃に至る具体的な身体の一時的形態である。

速やかに腐敗する肉を持ち、消えたり浮いたりしない重たげなリヴィング・デッドは、たとえば知り合いを辿ればたいていい一人は自殺者が見いだされるだろうという今、また、荒廃したもの毀損したものに人がよりリアルさを見出しがちな今、残された、たまたま未だ死なないでいる者による新たな想像のよすがとしても機能し始めているのではないかと思う。

壊れていてもいい、あなたがここにいてほしい。

【二】

自分と自作について

幻想文学新人賞受賞の頃（その一）

一九八一、二年だったか、当時親しかった人が国書刊行会に入社して編集の仕事を始め、ラヴクラフトとその周辺の作家たちの「クトゥルー神話」を何冊かにまとめたシリーズを出そうという彼の企画が実現することになった。そこで翻訳のできる人材を探しているとして、私にも話が来た。まだ大学に在学中であったと記憶する。英語の読解力はおぼつかないが、そう難しい英文でもないし、短編ひとつだけなら一か月も集中して辞書を駆使すればなんとかなるだろうと思って引き受けた。何かの形で著述に携わる仕事に就きたいと望んでいたので、そうとなれば願ってもない。

このシリーズ『真ク・リトル・リトル神話大系』は企画通り刊行され、私はその第一巻用にロバート・ブロックの「嘲嗤う屍食鬼」という題名どおりの内容の短編を翻訳し、無事収録された。「ク・リトル・リトル」というやや特異な表記は「クトゥルー」「クトゥールフ」のことで、当初監修に予定されていた荒俣宏氏が好んだ発音であったため、採用されたと聞く。が、実際には、その担当編集が率い、私も所属していた怪奇幻想文学愛好会「黒魔団」の編となった。全二巻箱入りの非常に立派な本で、このシリーズは続巻とともに後に再編集されてソフトカバーの新装版が出た。そのさい、一部意に満たなかった訳語を訂正させてもらった。

さて無名の、というより英語の実力さえ怪しい一学生が、小なりとはいえいきなり翻訳者として単行本に名が明記されたので、当時多少は誇らしかった。実際には小説でデビューしたかったわけだが、とにかく著述者でさえあれば何でもよかった。その編集者のはからいには大変感謝したものである。

この『真ク・リトル・リトル神話大系』は予想以上に売れたらしく、増刷しただけでなく、評判が良いので当初上下二巻で完結としていたものに増巻し、全十巻にすることとなった。そこで再び私にも翻訳の話がきた。

この二回目の依頼が一九八三年から八四年前半くらいのことだった。というのは、雑誌『幻想文学』（発行人・川島徳絵、編集人・東雅夫）編集部が澁澤龍彥・中井英夫両氏を審査員として「幻想文学新人賞」を設立し、第一回の公募を開始していた時期だったと記憶するからで、私はこの審査員に読んでもらえるならと思い、一作二作、案をあたためていた。だが、既に大学は出、できるだけ執筆時間のとれるような条件を望んで、とある学習塾に就職はしたものの、やはりそうそう自分の時間が自由になるわけでもない。といって著述家として一本立ちできる保証はまるでない。そのとき再び『真ク・リトル・リトル神話大系』の増巻分に用いる短編を、今度は一作と言わず、二、三作どうだね、とその人は勧めてくれたものである。

★1990年に出版された『真ク・リトル・リトル神話大系Ｉ』(国書刊行会)

一も二もなく引き受けるべきだとは思ったが、ただ、現在の仕事と幻想文学新人賞の締切日との塩梅から考えて、本職と翻訳と創作を同時に進めるのはなかなか難しいのではないかとも思われ、やや躊躇するところがあった。いや、ほぼ素人である私が慣れない翻訳に時間をかけるつもりなら創作の方はとてもやれないだろう。翻訳か創作か、どちらかである。とはいえ、これほど好意的に回してもらえる仕事を断るのは言語道断、と思う気持ちの方が大きく、承諾することにして打ち合わせに出向いた。

このとき、その友人の編集者が、打ち合わせ後の雑談に、ある奇妙なことを言ったのをよく憶えている。彼はラヴクラフトのみならず西洋オカルティズムにも詳しく、アレイスター・クロウリーやエリファス・レヴィ、ダイアン・フォーチュンといった魔術師・オカルティストの名をよく会話にも出したものだが、たまたまそのとき、先日、戯れに周囲の友人知人をそれら魔術師・オカルティストになぞらえてみたのだ、という話を披露した。

「あの人は邪悪だからクロウリーだね。あの女性はダイアン・フォーチュン、彼は……」といった調子で、なんとなくその人となりや才能から連想されるイメージに、なるほど言われてみると当たっていなくもない気がする。そこで私に関しては、

「で、君はリガルディーだな。本当はこっち行こうと思ってんだけど、いつの間にか、いや、やっぱりあっちに惹かれて、あっいかんいかん、なんてね」

確かこんな言い方であった。当時私はクロウリー、エリファス・レヴィくらいまでは知っていたが、リガルディーというオカルティストについては何も知らず、そのため「本当はこっち」とか「やっぱりあっちに惹かれて」とかいう彼の意味するところがよくわからない。だがその話は

すぐ終わって別の話題に移ったので、詳しく聞きただすこともできないまま、翻訳用の原文のコピーを受け取ってその日は帰った。

帰ってから、どうも気になるので、確かめてみることにした。といって現在と違い、簡単にグーグルで検索というわけにはいかない。図書館へ出向き、何だったか忘れたが『魔術大辞典』といったような書物を開いて調べたものである。

そしてわかったことは、イスラエル・リガルディーという人は、魔術の奥儀を著述として書き記し、それまで一部の人しか知り得なかった魔法の大系を広く世に知らしめた魔術学の大家ということだった。だが、ひとつ気になったのは、リガルディー自身が魔術師なのでなく、飽くまでも魔術の理論と技法の伝達者であるというところである。リガルディーは若い頃、画家をめざしていたが、世に聞こえる大魔術師アレイスター・クロウリーに出会うとすっかり心酔し、自分に魔術師の能力は乏しいと知りながらも、魔術のための記述に打ち込むことにしたのだ、とそんな説明があった。

さてこれを友人の言葉にあてはめるとどういうことになるだろう。「本来はこっち」つまり画家をめざしていた、だが、いつの間にか「あっち」つまり魔術の道に惹かれて、という意味に違いあるまい。

しかも、それを彼は私になぞらえている。どうなるか。彼は私が、もともと小説家をめざしていることを知っている。とすれば「本当はこっち」というのは小説を書くことだろう。では「いつの間にか、いや、やっぱりあっちに惹かれて」というのはどうか。状況から考えて、あまりその才能も実力もないが、翻訳家という著述業に惹かれて、となりはしないか。

その友人は熱中しやすくあけっぱなしで思ったことはすぐ口にする人なのだが、ときおり妙に冷徹なあるいは醒めたものの言い方をすることがあった。これもその例に違いない。

つまり彼の眼には、私という優柔不断で外部に影響されやすい若造が、もともと小説家をめざしながら、途中でクトゥルー神話という魅力的な世界に惹かれたため、下手ながらも翻訳家・解説者となってゆく、というヴィジョンが見えていたのかも知れない。

とはいえそれは悪意でも揶揄でもなく、何やら怜悧な状況判断を、利害も考えずそのまま提示しているもののように思えた。しかもそこには私という者の軽薄さに関するとても的確な判断が含まれている。従来、私は目先のことに気をとられ本筋を見失うことの多い粗忽者で、決断が遅く、本当に目指すべきものを見誤りがちな見極めの甘いところがあった。そこを彼はよく見抜いているのではなかったか。

いや、深く考えてのことではあるまい。しかし、彼が冗談として遊戯のひとつとして示した中にある直観はおそらく正しい。そして鋭い。

ここで私はまた考えたものである。仮にもし、画家志望だった青年が、自分に魔術師の才能があると知り、確かに魔法が使えるとわかって魔術師の修行をしようと決めたのならそれはあるべき運命に従った幸せな例だろう。しかし、結局魔術師になれないとわかっているにもかかわらず、魔術の世界に魅入られて深入りし、外部への報告者としてなら確かに大物とされはするものの、一番欲しい魔術それ自体には手を触れることのできなかった（魔術が実在するものとしての話だが）、そういう立場というのはどうだろう。私はリガルディーという偉大な伝達者を貶める気はない。また何によらず解説者啓蒙者というのは本当に貴重なのである。ただ、自分だったら、ということだ。いつまでも大人になりきれず、縁の下の力持ちのような役割にとても自足できない私は、たとえば魔術の世界でなら実践する側になりたい筈である。それも報告者にしかなれないとわかってそこにとどまり続けるという、選手に憧れてその世界に入りながら、選手になることを求めず初めから解説者をめざすという方向が、飽くまでも自分の場合にはだが、本望と思えなかった。

だがそうした「あっち」での問題以前の「こっち」の方こそ忘れてはならないだろう。このとき自分に小説の才能がないとは思っていなかったし、まだ試しもしていない。挫折さえしていないのだ。なるほど比較的たやすく自分の翻訳が刊行物に載り、以後地道に同様の営為を続けるなら、翻訳家・紹介者としていずれ多少名を売ることもできるかもしれない。しかしその結果得られるだろう立場は私が最も望むところではない。たとえラヴクラフトやクトゥルー神話にいくらか惹かれるものがあったとしても、その翻訳よりも「本当はこっち」、つまりそれより前に望んでいた、自分の小説を書くことを、ここはひとつ優先すべきではないのか。少なくとも私はリガルディーがクロウリーに対したほどはクトゥルー神話に入れ込む気はなかった。いずれにせよ、リガルディーという人の生涯とその活動を知ってみると、どうも自分がかくありたい役割と思えず、ならば、今ここでついつい手っ取り早く文名を得ようと「あっちに惹かれ」、差し出されている状況に流されてしまっても、真に自分の望むことにはならないであろうと感じられた。リガルディーに似ている、と言われる様態のままに甘んじることは結局自分に満足をもたらさないということだ。

　こうして私は彼の何気ない言葉を一つの啓示と読み取ったのだった。どの方向へ向かえば、自分にとって後で悔いの残らないものになるか、ふと彼の中にいるデーモンが教えてくれたような気がした。

　次の日、職場での休憩時間に私は、大変恐縮しつつ国書刊行会編集部へ電話を入れ、当の編集者に、残念だがどうしても時間がとれないので、今回の翻訳はできない、まことに申し訳ない、と伝えた。その日から私は「少女のための鏖殺《おうさつ》作法」という短編をそれまでにない真剣さで書き進め、何度も書き直し、数か月これだけに自分の時間を費やした。

　明けて一九八五年、応募した「少女のための鏖殺作法」は第一回幻想文学新人賞を受賞した。

　これによって作家の道が開けたわけでは全くなく、また、もうひとつの脇道だったかも知れない評論の方にもしばらく後の数年間を費やしたが、それも有効な修業と見なせば、結果として多くはないもののどうにか納得のゆく小説いくつかを発表できた。すべきことはこの先も同じく今は何の躊躇いもない。この遍歴の出発点が幻想文学新人賞なのだった。

　それは、わざわざラヴクラフトとその仲間たちの作品の翻訳と紹介に誘ってくれた人自身が、本人もそんな意図でなく示してくれた言葉に含まれる、一見はわかりにくい洞察と判断から示唆される方向を、全くたまたま、まるで暗号に満ちた魔術書を解読するように読み取ることのできた結果と考えている。

なお、当時国書刊行会の編集者だった友人とは松井克弘、後に作家として朝松健を名乗る人である。彼とはさまざまな経緯から今では縁遠くなってしまい、特にどちらが悪いというわけでもないとは思うのだが、再びまみえる機会はないかもしれない。

たまに、昔親しく話した頃の記憶も懐かしく甦りもするし、いつか、彼や黒魔団のことも記してみたいと思わなくはないが、やはり今では仕方ない。ともあれ、現在の私がかろうじて当初の望み通り小説を実践できているとしたら、あのときの松井氏の意図しない一言があってのことであると思う。その意味で今も松井氏には感謝している。

付　最近改めてグーグルでイスラエル・リガルディーを検索してみたところ、かつての印象をもたらしたそれとはやや異なる情報も見いだされた。だがともかくあのとき私が右のような印象によって決断した経験には変更がないので、当時リガルディーに関して得た記録がたとえ全く事実でなかったとしても、自分に決心を迫った契機としての意味では訂正の必要を感じない。仮に誤った部分があってもその情報を用いてのメッセージであったのだろう。

幻想文学新人賞受賞の頃（その二）

幻想文学新人賞受賞の知らせを得たのは一九八五年春頃だっただろうか。このときの受賞作と佳作をあわせた七編をプロ作家の書き下ろし短編七編とともに収録した『幻視の文学1985』の刊行が同年五月三十日だから通知の時期はそんなところと思う。これはソフトカバーだが建石修志による大変美麗な表紙の本であった。

同書の記録によると幻想文学新人賞の募集期間は一九八四年三月から十一月末日までであったとのことである。そしてこれから私が記すのはその八四年十二月の記憶だ。

無事原稿を送付し終えたのが十一月中であったから、十二月というと真剣な作業もようやく終わり、後は結果待ち、しかも未だ多少は執筆中のほてりのようなものも残る、最も緩んだ時期であっただろう。

★『幻視の文学1985』（幻想文学会）

師走も大分おしつまった頃ではなかったかと思う。ある人との待ち合わせのため銀座に来ていたが、約束の時刻を思い間違えて一時間近く早く着いてしまい、しばらく時間をつぶす必要があった。こうしたさい私はよく『ぴあ』に頼った。この頃、『ぴあ』がまだ紙媒体の情報誌として健在で、私はよくこれを持ち歩いては、時間のある日たまたま見つけたホラー映画のレイトショーなぞに出向いたりしていた。

この日も鞄には『ぴあ』があったもようである。といって映画を見る時間はない。また銀座周辺でなければならない。ならばどこか画展か何か気軽に行けて必要ならすぐ出られる場所はないか、確かこの情報誌で調べた憶えがある。

おあつらえ向きの、しかもなかなか貴重な展覧会を見出した。四谷シモン展である。僥倖を感じ、『ぴあ』記載の地図を確かめつつ、行ってみることにした。青木画廊だっただろうか。ごく目立たない入口から急な階段を上がった憶えがある。上りきった所で殉教者のような人形に出迎えられた。

写真のみで知っていた少女の人形が幾体か、奥にあった。これが私の四谷シモンの人形を実際に見た最初の経験であったと思う。しかもこのとき客は私一人であった。

ひとつひとつ眼をこらし角度を変えては見ていったが、狭い会場なのでベンチの置かれた中央を背にひと回りすればすぐ終えてしまう。二周くらいした頃だろうか、何人かの人々が階段を上がってくる気配があった。

今では正確には何人か、わからない。男性が三、四人、女性が確かに一人は見えた。

人々はすぐに中央のベンチに案内され、輪をなして座った。

明るい表情の愛想のよさそうな女性が何か話し始めた。

このときその女性とともに、中にどうも見覚えのある人がいるような気がして、私は基本、人形の展示された壁側に向かい、中央には背を向けながら、部屋の角に立って少し首を巡らし、あまり不自然にならないよう、斜めから一行の様子を確かめた。

そしてやはり違いないと思った。しかもここは四谷シモン展である。中にいるあの人は澁澤龍彦氏ではないか。そして傍らに座る快活な女性は龍子夫人ではないか。

澁澤氏とおぼしい男性は、ベージュだったか赤茶色だったかに黒の四角い模様のあるタートルネックのセーターを着ておられたと記憶する。小柄な人であると聞いていたのでそれは予想通りだったが、その初めて聞く声の高さにやや驚いた。しかもしわがれたような特異な発声に聞こえた。あるいは後に澁澤氏の宿痾となる喉の病気の微かな前触れでもあっただろうか。

最近読んだ記事に、ある人が澁澤さんの声は忌野清志郎に近い、と書いていて、今思うとそんな気もする。そう言えば清志郎も喉の癌で亡くなった。早すぎる死が惜しまれる人であるところも同じだ。

閑話休題（こういう古臭い言い方をたまにしたいものである）。

耳を傾けていると、澁澤氏が、だっただろうか、それとも龍子夫人が、だっただろうか、いずれか会話の中で一人の若い男性を紹介された。

「こちら、詩人の平出隆さん」

という言葉が聞こえた。

後に平出氏自身が、「このとき自分の本職は編集者だったのだが、澁澤さんは詩人と紹介してくださってとても嬉しかった」といった回想を書いておられるのを読んだことがある。私はまさにその現場に居合わせたのだった。

記憶にあるのはこれだけである。この日おそらく展覧会の初日か、あるいは近くにお寄りになったかで、澁澤氏とその一行が出向いてこられたのだ。そんな場に出くわしたのは思わぬ幸いと言えたが、とはいえ、このとき私はただ澁澤氏と中井氏にお読みいただくべく短編小説を応募した一人に過ぎない。

もし受賞して澁澤氏のお目にかかることがあったらこのときのことをお話ししてみようと決め、後は邪魔にならないようそそくさと去った。そろそろ約束の時間も迫っていた。

受賞前の忘れ難い記憶としてはこれだけである。後から考えてやはり何かの縁があったのだ、と物語的に語ることはできるし、実際私はたびたびそうしてきた。今もそうしている。

ところで、受賞と決まってから、遂に澁澤・中井両氏にお会いする機会を得たのだが、そのさいも、またずっと後に澁澤邸へお邪魔したおりも、結局この話は言い出せなかった。

その場になると、ただ偶然一度お見かけしたというだけのことを改めて口にするのが何か大袈裟で、取り立てて喜んでいただけるようなものでもないと感じたからだ。

ではそんな些事を今更改めてどうして語るのか。いやそれは澁澤氏ご本人から面白いとは言われそうにないことだが、しかし、澁澤龍彥に何かの期待や憧憬を持つ人に向けてなら、興味深く聞いてもらえるのではないかという今の私の浅慮による。浅慮だがひっこめることはしない。

実はこの話は既に一度、『幻想文学』誌の澁澤龍彥追悼特集の追悼文の中にもっと簡単な形ではあるが記している。自分が澁澤龍彥にかかわる何かの運命を感じた記憶となるとこの程度という貧しさで、しかも勝手に自分がそう感じただけというお粗末さだが、貧しいからこそ何度も繰り返し語るのだ。

今から考えるならぎりぎりのところで生前の澁澤氏にお会いできたのはそれこそ文字通りの僥倖である。後にお宅にうかがったときのことはのちの章で改めて記そう。『ゴシックハート』刊行以来、まことに不肖ながら、版元の御好意から「澁澤龍彦・中井英夫の後継」といった言葉をかたじけのうすることもある私だが、そしてそうした売り文句を軽薄と見た気位の高い人々から反発されることもたびたびであるが、お二人に「全く会うこともなくただ私淑していました」というのではないというだけでいくらか心体まる。

こうした記憶が私には支えの杖なのだ。

中井氏のことはこれもまた稿を改めて書くとしたい。今は澁澤氏に関する記憶をもう少し遡ってみよう。中学の頃、講談社版の十五巻本『江戸川乱歩全集』(後の二十五巻本のもとになった最初の版)の、黒い箱に金文字の本をよく書店で探したものだが、その隣を見ると、同じサイズの暗緑色の箱の背に古めかしい装飾をともない何やら読めない字画の多い文字で『なんとか集成』とある本が何冊か並んでいることがしばしばあった。

実に画数の多い、それまで見たことのない文字が二文字続き、次の「龍」はさすがに知っていたが、そのまた下は「彦」であろうとは思うものの、「立」の部分の中央が×になっていて、これもこのとき初めて知った字体である。その全体の印象が戦前の難読本を思わせ、さらに、手に取って見ると帯には「サド」とか「異端」とか「黒魔術」とか「エロティシズム」とか書かれ、また「絢爛」や「頽唐」や「耽美」や、さかんにまた画数の多い非日常的な熟語が並んでいる。箱には縦にパラフィン紙がかかり、丸背厚表紙の本体は真っ黒で、その背文字がまた、緑の枠に金の文字と装飾と、きわめて高級感のある装いである。版元は桃源社とあった。

江戸川乱歩はエログロとは言われたがしかし、メジャーでありポピュラーであったから、書店で買うにはためらいがなかった。しかるにこちらの異様な名前の著者の本は、価格も乱歩全集よりはずっと高かった上、どうも未成年が手に取るにはなんとなく後ろめたげな香りをまとっていて、言わば発禁本的なニュアンスがあった。事実、この著者はその著作の一冊が発禁になった人であることを後に知った。

正体がよくわからないが印象だけは強かったので、あるとき家で漢和辞典を調べ、その姓にあたるところを音読みで「ジュウ」・「タク」と読むことを認めたが、しかし、苗字として「じゅうたく」はないだろう（住宅顕信《すみたくけんしん》、という俳人がいることを知ったのは随分後だ）、と不思議がっているうち、たまたま「しぶさわ」と振り仮名がしてある本を見て、遂に、そしてようやく「しぶさわたつひこ」と読むことを覚えた。しかもそれらの文字はいずれも略字があって、「渋沢竜彦」と同じなのだと知ったときはなにか拍子抜けした。しかし、だからこそこの晦渋な「澁澤龍彥」の文字を略字で書いてはならないのだとも思った。

また、この著者が翻訳したという、サドの名は既に聞き知っていたが、それが特に戦後、文学的に見直されているといったようなことは知らず、ただもう淫猥で残酷で言語道断な完全未成年御断りの文物を著した存在とだけ憶えていて、それはそれで間違いではないが、しかし、シュルレアリストたちが十八世紀の前衛として奉るシャープなアナーキストでもあったことなど知る由もない。それこそ戦前の発禁本の数々や『グロテスク』『変態資料』誌、あるいはその当時の『SMマガジン』『風俗奇譚』といった、書店の奥に行かないと見ない雑誌に直結する名としてしか意識されない。

だが、この、野中ユリによる立派な装丁の『集成』は、実質それらと等価かも知れない世界を、一切際物的な外観とせず、言ってみれば学術的なもののものしさをまとって屹立させているように思われた。

よってそれは当時の中学生には二重に近寄りがたい。乱歩の虚構性には留まらない真にハードでコアでリアルな変態への、一度足を踏み入れたら引き返せないような秘儀性と、知的で難解で娯楽としては読めなさそうな威儀と。

後に意を決して購入し、実際に読んでみて、初期の文はともかく、この著者の書くものは意外に平易で読みやすく、またテーマはサドやエロティシズムや黒魔術であるものの、自身は異端でもなく変態でもない、きわめてストレートでノーマル、と言って語弊があるなら、古典主義的な端正さを範とする散文の書き手であると知ることになるが、何よりこのゴシック建築のような傲然たる『澁澤龍彦集成』の文字と装丁とは、長らく私に、禁じられた秘密の魔術書の意味合いを持続させたものであった。

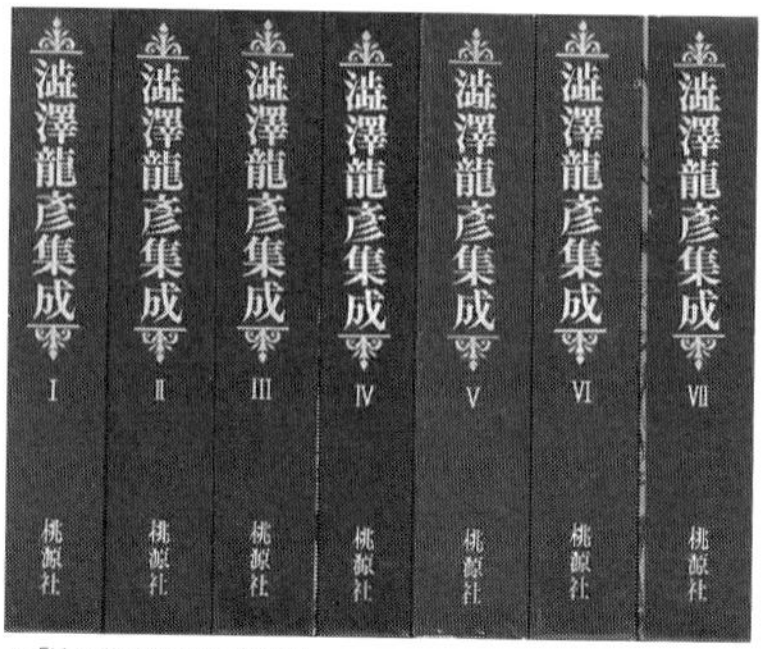

★「澁澤龍彦集成」（桃源社）

澁澤龍彥を文庫で読むことが当然となった九〇年代以後と異なり、一九八四年はこうした『集成』の記憶が消えていない時期だった。そんなときにたまたま、まだ今ほどは一般的でない、やはり秘儀的な香り高い球体関節人形展の会場で、この畏れつつ仰ぎ見る著者に出会ったことの千載一遇の感慨を、今回ここに記しておこうと思った次第である。

著書の履歴

ここで一度自己紹介の代わりとして、自著についての記憶を記しておく。

単著として初めての商業出版物は国書刊行会からの『少女領域』で一九九九年、群像新人文学賞で評論「語りの事故現場」が優秀作を認められた一九九六年の三年後のことである。

幻想文学新人賞の後、敢えて評論の新人賞に応募したことの経緯はなかなか数枚程度では語れないのでまたいつか機会があればそのとき詳細に記したいが、要するに、幻想文学新人賞主催の『幻想文学』誌には自作の発表機会が乏しかったからというのがきっかけである。ならばとして各純文学誌の新人賞に、改めて純文学小説を応募し始めたのだが、しかし、その頃の自分はどうもまだ純文学というものの書き方あるいは勘所がよく分からず、せいぜい一次予選どまりだった。

一方、小説の発表機会はないのに、幻想文学新人賞受賞以来、『幻想文学』誌と『図書新聞』から書評あるいは評論を依頼されることがたびたびあって、その経験から批評的文章の書き方にはいくらか慣れていた。一度気を変え、澁澤龍彥に関する評論を書いて送ってみたら、群像新人賞の二次予選を通過した。

ともかくまず有名文芸誌と関係を持ちたいという望みから、それなら可能性の高そうなもので勝負しようと思い、また、ちょうどその頃とりわけ重要に思えた、ある批評的テーマがあったので、その方向で三島由紀夫と江戸川乱歩に関する評論をもう一度、評論部門に応募したら優秀作となった。応募評論はいわゆるポストモダン以後の「批評」ではなく、当時としてはかなり昔気質な「文芸評論」で、それはつまり批評家が書く評論ではなく小説家が書く評論なのだったが、このようにして書く「小説家の評論」の試みを私は面白く感じ、以後数年をこの営みに費やすこととなった。自作発表場所の確保を急いだことと、どうしても書いておきたい評論のテーマがひとつあっての結果で、その核心を得てしまえばあとは従来通り小説に向かうつもりでいた。

群像新人賞は小説部門と評論部門とのそれぞれに「受賞作」「優秀作」との別があるのだが、それによるデビューという意味ではどちらも変わらない。「受賞」「優秀」いずれを得たのであってもその後、『群像』誌に出入りできるからだ。これについていちいち「優秀作認定」と区別するのは煩雑なので以後便宜上、ひとしなみに「受賞」と言わせていただくことにする。

九六年当時の私は『群像』誌で受賞した作品ならいずれ何かの形で刊行されるはずと考えていたのだが、一向にその機会は巡ってこず、現在もこの評論は雑誌掲載以後未刊のままである。どうもこの時期あたりから既に、純文学系の文芸書自体が非常に刊行されにくくなってきていたようで、数年前ならまことに地味な文芸評論が少部数ながら次々と出ていたのに、特に新人の評論の新刊は少なくなっていた。

『群像』誌にはその後も評論限定だが何作か掲載してもらった（そのずっと後、小説を掲載してもらうこととももなった）。しかし「語りの事故現場」を含む評論の「作品集」はいつまでたっても刊行されない。

そうした状況を見かねてか、以前からつきあいのあった国書刊行会の礒崎純一編集長が、「既発表の評論集という形では無理だが、企画ものとしての書き下ろし評論なら可能である」と言ってくれた。その企画の条件としては「少女」をテーマにした批評であること、というものだった。国書刊行会にはいくつか、過去から継続的に刊行されているため「出しやすい」分野があって、その範疇なら企画が通りやすいからとのことだった。たとえば『世界幻想文学大系』に続く幻想文学の翻訳、『ゴシック叢書』に続くゴシックロマンスに関する翻訳と評論、『仏蘭西世紀末叢書』に続く世紀末に関する翻訳・評論、等々とともに、随分以前から、吉屋信子の『花物語』や川端康成の『乙女の港』(実際には中里恒子との合作)等の少女小説や少女雑誌の復刻を続けており、そうした「少女もの」にかかわる評論であれば刊行可能なのだそうである。

なお、この当時まだ「ゴシック・イン・ジャパン」の発想はなく、文学のゴシックと言えば常にゴシックロマンスだけを指したから、欧米文学をもとにしないゴシック論は高田衛教授の論文「江戸期小説・幻想と怪奇の構造」(ゴシック文学論集『城と眩暈　ゴシックを読む』に収録)のような例外的なものを除いて、一冊としては成立しない。よって、ここでは後に私が始める『ゴシックハート』以後の「日本のゴシックカルチャー」に関する論評を企画として提出することはできなかった。

礒崎編集長の提案を私はありがたく引き受けることにしたのだが、ただ、当時既に「ロリコン」等の男性性欲的視点からやたらに少女を礼賛し、舐めまわすような言説は多く、そうしたものに私は辟易してもいた。それらの男性による都合の良い少女礼賛が厭わしく思えて仕方なかった。

実のところ、澁澤龍彦にも『少女コレクション序説』等、少女をオブジェとして愛でる態度が明確な文がいくつかある。ただこれらについてのみは、後に、『八本脚の蝶』で知られる二階堂奥歯が、フェミニズムと女性の権利を意識しつつどうしても捨てることはできないという態度を示したことからもうかがえるとおり、「ロリコン」の男たちによるだだ漏れの欲望的言説とは異なる、と言えなくはない。とはいえ、当時の私としてはひとまず、この点に関しては澁澤龍彦もまた同罪であるという建前を貫くことにした（むろん、だからといって尊敬の念が失せるわけではない。また後には、ともかくも澁澤の少女論を認めうる見解を教えられることともなる）。

当時見る限り、ほとんどが男たちの欲望表明でしかない「少女論」などというものを、どうやったらあの種の言葉でなく書けるのか、そればかりを考えた結果、現にある『少女領域』ができた。方法は簡単である。見る側でなく見られる側として書くことだ。そうすることによって自身が少女でなくとも、少女であることの不自由と屈辱と自己愛の片鱗を言語的に体験することができる。

そこをよく読んでもらえた結果だろう、『少女領域』は女性たちからも否定されることの比較的少ない少女論となったように思う。一方、以前から親しかったとある男性編集者は、この著作刊行の後、私との接触を絶った。彼にとって、いささかでもフェミニストたちが肯定するような論点は許し難いものだったらしい。

これでひとまずハードカバーの著作（しかもとても綺麗）ある身となったので、次はペーパーバックで行こうかと思い、二〇〇一年、角川春樹事務所からハルキ・ホラー文庫の一冊として『闇の司』を刊行した。このときは、評論と小説、あるいは純文学作家とエンターテインメント作家、という区別を考えていたため、『少女領域』のときとは別名の秋里光彦の名を用いた。後にこの区別は無意味となって高原英理で統一することとなったが、秋里の名はいくらか愛着があるのでまた何かの機会があれば使わせてもらおうかとも思う。

『闇の司』表題作は、前年、角川ホラー大賞に応募して最終四作品に残ったものの落選した作品で、そのときの大賞受賞作が岩井志麻子氏の「ぼっけい、きょうてい」である。その選考結果の示すところは、たとえば「ぼっけい、きょうてい」のように文芸色豊かな恐怖なら受け入れるが「闇の司」のような限りない残酷志向と猟奇に特化した作品は当時の選考委員のテイストに合わないという意味だったのだろうと推測する。だが応募のさい、私の望むところは「ぬるいものでない真に無残な世界だけを語りたい」だったので、だとすればもともと見解が異なっていたことになる。

ともあれ、ホラー大賞最終選考ノミネート作であるところから内容は保証ありとして文庫化は簡単に了承された。表題作は四百字詰原稿用紙として百八十枚程度だったので、かつて『幻想文学』の別冊小説誌として発行され二号で終刊した『小説幻妖』第二号に掲載し、そこそこ評判のよかった「水漬く屍、草生す屍」を併録した。どちらも韻文をモティーフにしているところで共通する。

さて、『少女領域』で試みた、見られる側の発想、という意味では、二〇〇三年、講談社から上梓した『無垢の力―〈少年〉表象文学論』がより本質的なところを示したように思う。「語りの事故現場」以来考えていた、私にとっての評論の唯一のテーマがこれで、私が『群像』誌に断続的に発表していた評論は改稿の上『少女領域』に入れた一つを除いてすべてこの第二評論集に用いられた。言い換えればいつかこの本を成立させるため私は『群像』に評論を投稿していたわけである。そして実のところ、『少女領域』はこの評論の、先に出た続編である。機会あってたまたま、「少女」の方から本にしたが、これは本来「少年」から始めるべき思索であることは『少女領域』の序文にも記してある。ゆえに最初、第二評論集を『少年領域』としようとしたが、それではこちらの方が続編的と見られるので望ましくない、という編集部の意見を容れてこの題名とした。

またこれはめでたく『群像』誌版元の講談社からの文芸出版物である。ようやく群像新人賞受賞者としての望むところを得たわけで、それというのも、文芸評論という狭いフィールド内でだが、『少女領域』にはある程度の成功があったからである。

ともかく初めての大手出版社からの刊行なので、友人たちが出版記念会というものを企画してくれ、講談社の編集の方々にもご協力いただき、多くの方々のご来場をかたじけなくした。

ところで、出版記念会はそうした催しによく用いられる神楽坂の日本出版クラブ会館で行われたのだが、当日、会場入口に張り出してある手書きの催し題名をよく見ると「『無垢のカー〈少年〉表象文学論』出版記念会」となっていた。それを書いた会場の人が「力(ちから)」+「—(ダッシュ)」の部分をカタカナの「カー」と見間違えたらしい。外部の人にはおそらく、自動車に関する著作と思われただろう。とはいえ、よく見ないと「力—」なのか「カー」なのかはわからないので特に文句は言わなかった。なお、後に日本大学藝術学部講師として招かれたさい、自己紹介の文面を送った時にも、冊子に掲載された著作の紹介が『無垢のカー』になっていたので、こちらは私から指摘して次年度以後訂正された。

　既に述べたようにこの『無垢の力』は、一九九五年くらいから自分に胚胎し始めた、憧憬の価値とその暴力、という、ある点で稲垣足穂的な、ある点では江戸川乱歩的、またある点では三島由紀夫的な発想の言語化で、それは仮に小説の発表場所を充分得ていてもやはり評論か評論的随筆の形で書かずにはいなかっただろう問題である。そして、エッセイではない、また日々の思いつきによる個々の批評行為とは別の、系統だった価値の探求としての「評論」のテーマは私にはこれだけである。これ一つだけが私にとって一冊のまとまった評論として書く必然性のあるものなのだ。

　このプランを私は大手からの商業出版物として刊行するとともに、東京工業大学大学院社会理工学研究科博士後期課程価値システム専攻の学位論文として提出し、学位を得た。論文は日本語ではあるがウェブ上で読めるものとして公開されている。題名は「近代日本文学における少年表象による憧憬の価値構成」である（大学院所属に関することはこれもここでは語りきれないので、いつか機会があれば、とする）。

　そして、ようやくすべき評論の仕事を終えた、と思った。

　かつて、何度目かに出向いた群像新人賞の受賞式後のパーティで、彼もまた群像新人賞評論部門での受賞者である鎌田哲哉が、「一人の書き手にとって本質的な評論のテーマなんて一つか二つぐらいで、それを書いてしまえば終わりだ、そうは思わないか？」というようなことを私に言った。私は「全くそのとおりと思う」と答えた記憶がある。

少なくとも私にとって、評論の仕事は何より『無垢の力』であり、機会を与えられて成立した『少女領域』がそれに次ぐ。

では後の『ゴシックハート』『ゴシックスピリット』『月光果樹園　美味なる幻想文学案内』はどうなのか、と言えば、これらは既に評論ではなく批評的エッセイであり、「批評的」なのは確かだが、私の考える、世界へ向けて価値と哲理を問う「評論」ではない。私としては『少女領域』もまた厳密には「批評的エッセイ」なので、真に「評論」と言えるのは『無垢の力』ただ一冊である。

が、そうした私側の分類はどうでもよい。『無垢の力』の後、自ら企画を提出して認められ刊行された『ゴシックハート』は今のところ私の最もよく読まれた代表作と言ってよいだろう。これは『無垢の力』の一年後、二〇〇四年に、講談社から刊行され、その後、第五刷まで増刷された。たわいのないことだが、ゴスの本がゴスリとは縁起が良い、と言ってくれた人があったのをよく憶えている。

次いで、『ゴシックハート』を読んで連絡をくださった編集者から依頼され、それまで発表した関連文章のいくつかを改稿の上収録するとともに書き下ろしたのが『ゴシックスピリット』で、二〇〇七年、朝日新聞社からの刊行である。どちらかと言えばこっちの方が気楽にやっている。

いつかこの二冊を合巻としたいのだが実現するかどうか。

が、実は順序から言うとこの二か月前に『神野悪五郎只今退散仕る』が毎日新聞社から刊行されている。こちらが二〇〇七年七月、『ゴシックスピリット』が九月の刊行だった。

『神野悪五郎只今退散仕る』は知る人がその題名を見ればわかるとおり、稲垣足穂の『山ッ本五郎左衛門只今退散仕る』の対になるような小説である。『山ッ本』の足穂がもとにした江戸の代表的怪談書『稲生物怪録《いのうもののけろく》』をこちらも物語の契機とし、そちらで山ッ本五郎左衛門のライバルとして名のみ出る神野悪五郎をその主要な登場者（妖怪）としたもので、『山ッ本』および『稲生物怪録』が稲生平太郎という豪気な少年を主人公にしているのに対し、『少女領域』の作者としてはこちらも負けず豪気な夕凪紫都子と心優しい妙子という姉妹を主役としている。ストーリーも『稲生物怪録』をモティベーションとしているが、ただしその意味と展開は大きく異なる。

もともとこれは、毎日新聞社で東雅夫氏によって企画編集された『稲生モノノケ大全』の「陽之巻」収録作に続く作品として提出し、出版が認められたものである。

この『稲生モノノケ大全』は「陰之巻」と「陽之巻」の全二巻で、「陰之巻」は『稲生物怪録』を発想の契機に、あるいはそれをなぞって書かれたこれまでの文学作品、童話、講談、漫画等を収録、「陽之巻」では現役の作家の、『稲生物怪録』にインスパイアされた書き下ろし作品を収録している。そこに私も依頼され、「クリスタリジーレナー」という、敢えて原典からは大きくずらしてみた短編を書いて収録された。だが、もっとストレートな「ひと夏の妖怪物語」も書いてみたいとそのとき思い、それは「陰之巻」刊行後に三百数十枚のやや長い小説となった。『稲生モノノケ大全』の担当編集者に見せると大いに気に入ってもらえ、そして単著として刊行と相成った。実に幸運であった。

次の二〇〇八年、評論（便宜上）集『月光果樹園　美味なる幻想文学案内』が平凡社から出た。これは評論的文章としては初めての「既発表作品だけの集」で、『ゴシックスピリット』もその三分の一くらいは既発表のそれを用いているが、そちらのように予めテーマにあわせたものでない、個々の作品集として並べられた、今のところ唯一の本である。これはたまたま、矢川澄子の『父の娘たち』が平凡社ライブラリー収録のさい、巻末解説を依頼してくださった平凡社の編集の方に、「解説は書くが、それとともに何か一冊貴社で刊行してくださらないか」という話をして認めてもらったもので、これもこの時期としては破格と思う。評論の単著が出る新人はさらに減りつつあった頃である。

受賞作からそうであったように私の場合、一部を除きあまり八〇年代的ポストモダン風な手法・口調でなく、文学趣味が前面に出ていたことがここではかえって幸いしたようだ。「ポストモダン」を表に立てた批評優位の「文学作品に寄り沿うのではなく、自分の奉じる理論のために文学テクストを好き勝手に利用して書く」種類の批評は、二〇〇〇年代以後、小説が再び主役とされるようになるとかなり勢力を失った（なくなってはいないし、その価値の有無は優勢か否かとは別だ。しかし現在、単著としての刊行はされにくい）。

そうなる以前、『批評空間』誌が健在であった時期（一九九一〜二〇〇二年）、そこを発表場所とする「批評家」たちは一時、とても華やかに自由に見え、羨ましくもあった。その当時、私もいくらかは（不似合いながら）「批評家」の振る舞いをしていたから、「批評家の檜舞台」に全く無縁であることは残念な気もした。

とはいえ、今思えばむしろ自分はよいポジションであったと思う。何より私は小説家であり、評論は書くが、職業的に評論家（紹介者・解説者）であろうとするつもりはない、という意志がはっきりしていたから、批評のための批評には興味がない。それで『批評空間』全盛期が過ぎた後は再びこうした、（批評家たちがではなく）小説家たちが読んで何らか価値を見いだしうる、レトロスペクティブ、あるいはアナクロニスティックな「文芸評論」が出版を許されたものだろう。なお、『月光果樹園』という題名は私が決めたが、そのさい必ず副題として「案内」か「入門」等の言葉をつけるのがこのときの刊行の条件だった。独立した評論書という形では企画が通らなかったのだろう。飽くまでも「幻想文学の紹介書」として企画が提示され了承されたもようである。のだが、実際には啓蒙的配慮のための書き直しなど求められなかった上、一部小説も、また（章扉裏に載せる巻頭言代わりとしてだが）詩歌も収録可、という好き放題をさせていただいた本でもある。ただ、ここにも「語りの事故現場」を敢えて収録しなかったのは長さの問題とともに、いつの日か、江戸川乱歩＋三島由紀夫論とすべき一冊を予定しておきたいと思ったからである。そのための既発表原稿は既にある。

さて、二〇〇七年、『神野悪五郎只今退散仕る』でお世話になった毎日新聞社編集の方は、その後も大変好意的に、さらに書き下ろし短編小説集の機会を与えてくださって、それが二〇〇九年の『抒情的恐怖群』となった。全七作品の内、六作品は書き下ろしなのだが、もう少し枚数を増やそうということで一作だけ前年『文學界』誌に掲載された「グレー・グレー」を収録して完成した。恐怖と幻想にかかわる小説では、これまで望み企んでいたことをここで一気にやらせていただいた。本当にありがたいことである。

こうして見てみると自分はいろいろと幸運で、またよい縁に恵まれているように思う。それとまた、どの本も装幀挿画が非常に美しいもの効果的なものばかりで、装幀が残念だった本は（私家版詩集『うさと私』を含めても）一冊もない。

あとは「少女のための鏖殺作法」以後の十数年間に書いた「幻想小説」と、近年、『群像』『文學界』『ユリイカ』等に掲載した純文学小説とが二冊か三冊にまとめられるとよいのだが、とそういうことを考えて、今はいる。

批評行為について

かつて第三十九回群像新人賞評論部門優秀作の同期で、長らく沈黙していた川田宇一郎が二〇一二年、十六年ぶりに長編評論『女の子を殺さないために』を上梓した。川田とは受賞時以来やりとりがあり、彼の単著に関しても、内容は別として、その刊行の方針や方法など、できるだけ相談には応じていた。

そして、この著の販売促進のための催しとして、池袋ジュンク堂で、川田が栗原裕一郎と対談をするという。栗原氏は『盗作の文学史』で推理作家協会賞受賞の批評家である。ところが、川田から、「こういうことは慣れていないので、高原さんにも加わってもらえないか」と言われた。私としてはかまわないが、しかしせっかく栗原氏を招いているのだからあまり発言の邪魔はしたくない、なので司会としてなら、という条件で応じることとし、二〇一二年五月五日にそれは開催された。

催しはとどこおりなく行われ、それなりに反響もあったように思うが、そこは私の語るべきところではない。ともあれ川田の著作は少しずつ知られているようで幸いである。

この催しの後、別にいくらか、思うところを自分のブログに記した。以下がそれである。

『女の子を殺さないために』出版記念鼎談（於ジュンク堂池袋本店・二〇一二年五月五日）で言い残したことを記す。

鼎談というのは形式上で、実質は、川田宇一郎・栗原裕一郎両氏対談に司会・高原英理。とはいえ私も要所ではいくつか発言した。終わってからあれは言っておくべきだった等の感慨を残すのは常だが、今回は立場が楽だったのでそうした残念さも比較的少ない。が、それでもやはり一部、不足の点があるのでここに記す。以下。

批評・評論は楽しいことである。そして必要不可欠な営みである。

詩人でない人はいるが、意識ある人間であるかぎり批評一切をしない人はありえない。ただしその批評意識が低級な場合も多いというだけである。

たとえば「批評はいらない」という意見は、それ自体が批評であることを忘れ、自己否定していることにも気付いていない。こういうようなのが低級な批評である。ＴＶで語られたことをただ反復する頭の悪い発言もそれである。

しかし、最低の、自分で考えてもおらず、状況に何か言わされているだけの批評も、批評には違いなく、その意味で、人は批評せずに意識を持つことができない。

すなわち批評は意識の本質的な働きであり、何かの付け足しや後追いや二次創作と決めることはできない。個人の批評意識を辿るなら「オリジナル」の意味も失われる。批評する個人の創造性からは、その批評対象は、オリジナルではなく、それを批評する者にとっての素材と考えることにならざるをえないからだ。

その意味で、たとえいわゆる「創作作品」が書かれなくなったとしても批評が終わることはありえないし、あるとしたらそれは人類の文化そのものの終焉である。

ということをまずよく前提として、しかしながら、文芸への批評を専門的に行なうことを職業とする「文芸評論家」というものが現在では職業としてほとんど成立しなくなりつつある、という件を告げた。

現在広い意味での文芸への批評は、書き手がその創作として行なう独立した評論と、書評・紹介とに分かれると思う。そして、書評家・レビュアーは職業として成り立ちうる。しかも常に必要とされている。それに対し、創作としての独立した評論を書く評論家は、文芸誌にすら必要とされなくなりつつあり、ある理由から編集部が認めた特定の僅かな評論家以外の者による評論はもはや発表場所もない。

その特定の評論家ですらそれだけを仕事とするのが難しいのは昔からだが、それよりも、文学にかかわる編集の側から、書評・時評的な批評以外が求められることが大きく減っている。それはこれからも減り続けるのではないかと思う。

一九九一年から二〇〇〇年代初めまでの一時期（批評専門誌『批評空間』誌が存在した期間をさす）、評論がそれ自体で重要、時に中心的ですらありうる、と（読書人の一部にせよ）見られたことがあった。それも独立した創作的な評論が、である。しかしその状況が去った今、創作的な評論活動は現在の詩と同じく、ほぼインディペンデントで行なうべきものとなっている。ちょうど文学フリーマーケットも拡大の一途を辿っているのであるし、文芸評論はこういった場で続けられるのが最も無理がないだろう。残念ながら、かつてのように大手の庇護は望めなくなった。つまり本当にやりたい人だけがやるものとなった。

川田さんの立場と栗原さんの立場は違うが、いずれも評論を書く人であるところは同じである。二人とも、あまり規模は大きくならないにしても、評論家的な発言の場を継続しうる可能性を持っていると感じた。

以上が五月五日に言い残したことである。

投稿日二〇一二年五月七日（月）

また、しばらく後、これに続けて次のようにも記した。


「すなわち批評は意識の本質的な働きであり、何かの付け足しや後追いや二次創作と決めることはできない。個人の批評意識を辿るなら『オリジナル』の意味も失われる。批評する個人の創造性からは、その批評対象は、オリジナルではなく、それを批評する者にとっての素材と考えることにならざるをえないからだ」

先に書いたこれにもう少し続けると、ここに自分がクリエイターであると自負しつつ「作家・小説家」を自認する人と、「批評することを自己表現とする人」との齟齬がある。

「小説家」自認者は、自己の「作品」を、（たとえ批判されても、――ただしその態度を貫徹できる作家自認者は少ないが）飽くまでも「作品」として読まれることを望む。

それに対し、批評者にとっては、いかなる作家の書いたものだろうが、当人の得た情報である限りにおいて、落書きやたまたま耳にした会話や見聞した事実などと同列にあるのであって、その作家の書いたことだけを特権視する理由がない。すると、ときにその批評はある作家の作品を「読み込む」のではなく、自分の創作的批評のために「使い捨てる」ことにもなる。これを「小説家」自認者は許さない。

だが中には批評者でありながら「小説家」の願いのわかる人がいる。そういう人は場合によっては大変にありがたい、作家の理解者となり、言及された作家は喜び、あるいは創作の支えとするだろう。

ただ、そういう批評の仕方は実は批評全体の中ではきわめて特殊なものであって、それができる批評者は自身、「小説家」的な方向性を持っているのではないかと考えられる。自分が小説家側であることを想像できるからこそ、「小説家」の読んで欲しいところがよく見えるのではないだろうか。

投稿日二〇一二年五月二十三日（水）

私も一時期「作家の喜ぶ評論」を書いてきたつもりだが、このところ全然になってしまった。なぜなら自分の方が喜びたいからである。

なお、評論についてでは、最近もブログに記したことがあって、以下がそれ。

評論一喜一憂

昨日、来年から群像新人賞の評論部門がなくなる、と聞いて、大講談社も結局、他と同じく、小説最優先主義に流れてゆくのかと思い、実に情けなく、無念であった。

ところが今日、評論部門をなくすのではなく、新たに評論新人賞というのを創設して、小説部門と分け、募集するのだと知った。

見くびってすんませんでした。「群像」誌偉い！　講談社偉い！　見直した！　さすが大出版社、太っ腹。

大いに祝福します。おめでとう！

投稿日二〇一四年五月七日（水）

（五月七日の記事に続けて）

昨日の件。群像新人評論賞を新人文学賞と分けて独立させる、そして評論のジャンルは問いません、とあるところから、「文芸評論が衰退した」と見る人が（ツイッター等で）複数いることを発見した。

言われてみればそうかもしれない。

といって、ジャンル自由なので「文芸評論は受け付けない」ではないから、そのまま衰退というのとも違うように思う。

やってもいいし、質が高ければ受賞させるよ、でもこれからは哲学批評とか社会学批評とかとタイ張って競ってね、ということだ。それに耐える文芸評論なら歓迎ということでしょう。

いつも言っているように、批評行為はわれわれが意識を持つ限り、常に行われているものであって、私としても特に文芸に向けてだけを優先する必要は感じない。批評というジャンルの本来の広がりにもどったというだけのことではないか。

むしろ、これから「生きることと同義である批評行為」としての評論に志す人は、文学限定のことは専門のレビュアーに任せて、真に必要な意見を書けばよい。

かつて柄谷行人が考えた、批評は文学に奉仕するためにあるものではない、という様相がよりはっきりしたのだとしたら、やはりよいことである。

と今日は思った。

投稿日二〇一四年五月八日（木）

（五月八日の記事に続けて）

いや、文芸評論の衰退という問題は、新人賞のあるなしでは実はない。

明らかな文芸誌的出発点を経なくても、その志のある人は立派な批評家として出てくる。最近なら栗原裕一郎がそういう志の人だろう。

問題があるとしたら、文芸誌自体が、既に功成り名遂げた評論家にしか書かせない・あるいは編集側として語ってほしい作家作品についてしか若手には書かせたくない、という姿勢を（明言するのではなくうっすらした空気としてでも）示していることではないのか。受賞歴にかかわらず、キャリアの薄い新人批評家を次々と起用し、彼ら自身が今最も問題とするテーマについて書く自由を与えられることが続けば、評論の新人賞の有無にかかわらず、批評の衰退などと言われるようなことはなくなる。

すべては文芸誌の編集者が現在の新人・中堅文芸評論家を重要視しているか否かだけである。

そして（ここでは、小説と評論、という二項だけに絞るとして）、「小説は評論のためにあるのではない」のと同様、「（文芸）評論は小説のためにあるのではない」という評論の自由を認めることによって、（小説サイドから見るなら）ようやく「小説家は他者の言葉を聞く権利を手にする」のだ。

「文芸評論の衰退はいずれ小説も衰退させる」という、こういう問題になると多くの人が言いそうな言葉は、「よい小説を作家に書かせるため、評論家は協力せよ、そういう協力者がいないとよい小説も生まれない」という文脈で読まれそうだが、違う。

そうではなく、小説家なら小説家が、まるで自分の思いもよらなかった、自分が中心にならない場所に引っ張り出され、時にひどい目に遭う、という自由が、文芸誌にあればあるほど、評論が衰退せず、それによって小説も衰退しない、と言えるのである。

ここまでを私は、評論家ではなく、小説家として書いている。

その場合、自作が時にひどい言われ方をする場合をもどれだけ自由と認めうるかが文学全体への貢献にかかわる、ということになるだろうが、それだけであればなんだか小説家特有の自己中心主義を克服した理想的なことだけを告げて恰好をつけているみたいで、だから以下を付け足さねば本当ではない。

ただし、何よりも、何よりも、どんな形であれ、自作が言及されること、それだけを私は批評家に望んで止まない。

投稿日二〇一四年五月十二日（月）

ところで、無理をしてそれなりに評論家的に振舞おうとしていた頃、とても残念だったのは批評家・評論家と聞くと「で？　今『買い』の作家は？」となにか当然のように問い詰めてくる業界人がよくいたことだ。評論家は新人作家の仲買人ではない。で、そういうとき私はいつも「江戸川乱歩と三島由紀夫です」と答えて顰蹙を買っていたのであった。

リヴィング・デッド・クロニクル

批評家の川田宇一郎が二〇一二年『女の子を殺さないために』という単著を刊行したので販売促進用イベントに協力した、という話は先に記した。

★川田宇一郎
『女の子を殺さないために』（講談社）

★高原英理『抒情的恐怖群』
（毎日新聞社）

その少しあと、川田が教えてくれたことなのだが、二〇〇八年、『文學界』十月号に掲載され、二〇〇九年、短篇集『抒情的恐怖群』に収録された私の小説「グレー・グレー」は、はっとりみつるによって『別冊少年マガジン』に連載された漫画『さんかれあ』（二〇一〇〜二〇一四）と非常によく似たシチュエーションを持つという。

どちらもリヴィング・デッドとなった若い女とそれを愛する男性の話で、リヴィング・デッドとはいっても世に言われるところの凶暴な「ゾンビ」とは異なって、死後も当人の人格と意志は継続しており、ただ、身体の崩壊とともに少しずつ自己同一性も怪しくなる展開を示す。しかも川田によれば、女の性格がいずれも「天然」で愛らしい、と

★TVアニメ版「さんかれあ」より、少女が崖から落ちて死ぬシーン

のことである。何より川田が注目するのは、両作品とも、女性は落下によって一度死に、そして甦る（ただし身体は死んだまま）ところであるという。川田は今回の、言わばテーマ批評的な長編評論で、垂直運動する女子の下降、平行運動する男子の逃走、という物語の構造に注目していた。それゆえこうした、下降の一形態としての落下には目がゆくらしい。

さて「グレー・グレー」と『さんかれあ』の共通点だが、おそらく川田の言うとおりなのだろう。おそらく、というのは、私がまだ『さんかれあ』を読んでいないからである。いずれ、とは思うが、特に今、急ぐ気はない。自分では『さんかれあ』と「グレー・グレー」の比較論を書く気がないからだ。

ただ、この種の関係では、いずれかが盗作ではないのか云々というような問題が生じる場合があって、そうしたさいにはあまりのんびりもしていられないだろう、しかし、「グレー・グレー」は二〇〇八年発表、『さんかれあ』は二〇一〇年連載開始であるから、少なくとも私が盗作したという疑いはかかりようがない。でははっとり氏が「グレー・グレー」をたまたま知って、そこから似た話を考えだしたのか、というと、おそらくそれもないだろう。というのが川田の意見であり私も同意する。もし仮に『さんかれあ』が「グレー・グレー」を真似ていたのだとしても、今のところ私はその件で何か言及しようと思わない。この先はわからないが、そういう経緯を今の私は問題としない。

それより、おそらく現在では海外でも制作されている「切ないゾンビ」系映画を含め、（第一章でも記したとおり）ある時期から、リヴィング・デッドもしくはアンデッドという、かつては最も陰惨で汚らしい動く人喰い腐乱死体だったものを用いて、抒情的な物語を語るやり方が始まったという事実に共時性のようなものを感じるということだ。広く考えるならこれも「ゼロ年代の想像力」の現われのひとつではないだろうか。

共時性というとユングの説に向かいそうだがそういう神秘主義的なものではなくて、要するに、モンスター・化け物というものは最初、恐ろしさと兇暴性を前面に出して描かれるが、そのうちにそれがひとつの典型となり、ジャンルとなっていったとき、たいてい、恐ろしさや凶暴さとは逆の内容を語る物語が現れるということである。

吸血鬼がそうだった。東欧に伝説として伝えられていた頃のノスフェラトゥは今イメージされるゾンビともさほど変わらないおぞましく呪われ穢れ汚らしい化け物だったが、それが十九世紀初頭、ジョン・ポリドリによって、美しく冷酷な貴族の容貌のもとに物語化されると、同じ妖怪でも相当格の高い存在としてのイメージが流通し始める。ただし、ブラム・ストーカーの『吸血鬼ドラキュラ』では滅ぼすべき忌わしく恐ろしい悪魔的なもの、という意味合いは変わっていなかった。が、既にそれより早い頃、ジョゼフ・シェリダン・レ・ファニュの『吸血鬼カーミラ』では同性愛的で危うくも美しい、といったニュアンスが始まっていたし、映像作品も含めた『ドラキュラ』以後となると、むしろ選ばれたヒーロー、ヒロインともなりうる特権的な闇のミュータントのイメージ(映画「アンダーワールド」等)が強まってゆく。おそらくそれはカトリック的な意味での「死は神からの恩寵である」という視線が希薄になり「不死は憧れの対象」という現世享楽的なニュアンスが強まって行く経過とともにある。

フランケンシュタインのモンスターについては、メアリ・シェリーによる原作にも確かに非常に醜く恐ろしいといった記述はあるものの、その原作の段階から同情すべき出自と経歴、そして何より人間と等しい人格を持っていたし、どちらかと言えばモンスターより作製者ヴィクター・フランケンシュタインの方が酷い、というような受け取られ方ができもした。その後語り直されたり映像化されたりするうちに、なにやら悲しげな巨人の風貌が大方固定する。さらにこれまた、身体改造に改良の意味合いが含まれてゆくに従い、むしろ人造人間の超越性不死性の方に視線が向かうようになる。

民間伝承やオカルティズム的想像をもとに文学化された吸血鬼、人造人間、これらは十九世紀に再創造されたロマンティックな怪物である。ならば恐怖と衝撃よりも悲劇性や抒情性を持つ物語に語り直されるのも容易かったのであろうと思う。

それに対し、一九六八年、ジョージ・A・ロメロ監督の映画「ナイト・オブ・ザ・リビング・デッド」によって発明されたとも言える「ゾンビ」(正確にはこの名が既に読みかえられたものである)は、当初からそうした十九世紀的なロマンティシズムを持たない、きわめてフィジカルな、そして無人格で集団的な脅威として登場した。その在り方はときに疫病のパンデミックにもたとえられ、もともと吸血鬼や人造人間のような個別性人格性は認められないものとして描写される。

ロメロによる二作目「ドーン・オブ・ザ・デッド」（一九七八、日本公開七九）が日本では「ゾンビ」という題名で公開され、以後、「生ける死者」「死後甦り人を食う死体」を「ゾンビ」と呼びならわすことが始まるが、ご存じのとおり、もともと「ゾンビ」とはハイチのブードゥー教に伝わるという魔術によって、「死人使い（ネクロマンサー）」が下僕として使役する、動きはするが自らは無意志な死体を意味した。

実際にロメロ以前、一九六六年には「吸血ゾンビ」の邦題で公開され、本来の意味の「操られ死体」を描く映画もあった（なお「吸血」は単なる宣伝文句で、映画に出てくるゾンビたちが吸血することはない）。そしてロメロは当然それを知っての上で、一人のネクロマンサーを倒せば事足りる、それゆえ多大の脅威とはなりえない

★「ナイト・オブ・ザ・リビング・デッド」

「ゾンビ」を、もはや誰に操られることもない、同時大量発生でかつそれぞれに凶暴な、いわば食人鬼の群れとして再創造することで、どれだけ倒しても後から後から現れ喰らいついてきて対処不能、という絶望的な状況を用意することに成功した。そうした二十世紀後半らしく到底ロマンティックになりえない、より生な恐怖を発見したのがロメロなのだ。

この恐怖というのは、死後、全く人格が保持されず、見かけは生前の家族友人であっても、実際には凶暴な食人鬼となっている、という無残さによるところがひとつ、もうひとつは、一挙に

集団で襲いかかってくるので逃れられないというシチュエーション、そして、第三には喰い殺された死者もまたリヴィング・デッドとなる、さらには怪我を負わされただけでもいずれ死んでリヴィング・デッド化するという感染・増殖の恐怖にある。

銃などで頭を撃てば倒せるというルールが大方で、遠くにいてゆらゆら歩いてくるだけのゾンビならさほど脅威ではないのだが、そうして油断しているうちふと後ろを向くと大群が来ていて、いつの間にか取り囲まれてしまうといった悪夢的な追い詰められ方がロメロ以後の「ゾンビもの」の常道だった。

それは吸血鬼や人造人間のような、どこかで感情移入の隙を持つ、あるいは憧れの対象となりうる可能性を持った怪物ではない。そうした可能性は予め遮断されている。

このため、一九七八年以後にロメロのゾンビの亜流として制作された「ゾンビもの」ホラー映画は、多く、救いのない悪夢らしさと残酷描写をめざした。ルチオ・フルチ監督の「サンゲリア」(邦題、本国では「ゾンビ2」と題されていたと聞く。一九七九、日本公開一九八〇)などはその極北と思う。なお、『さんかれあ』(リヴィング・デッドとなる少女の名だそうだが)は「サンゲリア」を意識した題名という。

ロメロ自身も、第一作「ナイト・オブ・ザ・リビング・デッド」では容赦ない極限状況を描くことに最大の意を注いでいた。だが二作目となる「ドーン・オブ・ザ・デッド」では残酷描写・サスペンス描写はそのままに、アクション映画風のところが多く見出されるようになり、しかもところどころで笑いを誘うような部分さえある。そして三作目「デイ・オブ・ザ・デッド」(一九八六、邦題『死霊のえじき』）では、科学者の実験によって、生前のそれと異なるとはいえ人格を持つに至ったリヴィング・デッドが一人登場する。さらに四作目「ランド・オブ・ザ・デッド」（二〇〇五）になると、貧民を犠牲にして自分たちばかり安楽に暮そうとする上層階級の者たちの要塞のような居住区域に乗り込み、次々喰い殺してゆく殺人集団としての「ゾンビ」が描かれ、ここで観客は、この「ゾンビ」たちに対して、憎々しい抑圧者たちをさんざんに殺しまくり喰いまくる、いわば革命の使徒を見るようなまなざしで眺めることになるだろう。彼らの行為は明らかに、社会的格差によって貶められた下層階級者たちの反乱の比喩になっている。

だがこうなると、一旦排除された筈の感情移入的ロマンティシズムが復活してしまう。飽くまでも危険物とし自身は近寄りたくないものとして、ではあるが、観客にとって、彼らゾンビたちは、優位な立場で命令し狡賢く利益を貪る者たちへの攻撃性を発揮する代理人として振る舞うことになるのだ。またよく見れば、「ランド・オブ・ザ・デッド」に出てくるゾンビ集団の中には、ある程度特定できるメンバーがあり、たとえば一人は片頬に大穴があきながらもまだ若干の美しさを保っている若い女性の死体であり、もう一人は指導者然として集団の先頭を行く、かつ知能をも持つ大柄な黒人男性の死体なのである。ここでゾンビにキャラクターが生じている。

「ドーン・オブ・ザ・デッド」以前のゾンビたちに個別性はなく、どこまでも襲い来る外敵の一人でしかなかった。そして一人倒しても次の一人が来るという個の区別のなさが恐ろしかったのだ。それが同じロメロの監督作品にして三作目から早くも、キャラクター性が見え始め、四作目ではどちらかと言えばゾンビに何かを仮託して見る方向性を示している。四作目「ランド・オブ・ザ・デッド」は二〇〇五年の公開である。そのストーリーにはアメリカをしばらく席巻したネオリベラリズムへの憎悪が反映しているようでもある。そこから生じた、ゆるいながらキャラクター性を持つリヴィング・デッド、これがやはりゼロ年代の想像力の産物なのである。

一方、文学の上では山口雅也による一九八九年刊行の『生ける屍の死』という新本格ミステリがあって、ここに、死後も人格の消失しないリヴィング・デッドが自分を毒殺した犯人を捜す、という奇想天外な推理物語が展開した。作者山口はおそらくのところ、「ロメロのゾンビ」以下の映画をよく見知った上でこのアイデアを提示している。それは同じ「ゾンビ」でも、凶暴でない、人を食わない、生前のままの人格の死者であるそれを描いてみようという発想である。あるとき突然理由も知れず（人によってそうならない者もいるらしいのだが）全世界の死者が起き上がって動き出し、各々身体が崩壊するまでは活動し続ける、というアイデアだけ、ロメロの提示したそれと共通で、こうした中での犯罪を考えてみたら、というミステリなのだ。

こちらの生ける死者とは対話もできるし心通わせることもできる。するとその場合、死後もできるだけ長く精神活動を続けたいと思う生ける死者にとって最大の問題は、身体の腐敗をいかに遅らせるかということになる。実際の死体の腐敗というのは思いのほか早い。そこで採用されるべき手段がエンバーミング（死体防腐処理、修復を含む）である。

こうして、山口は、「ゾンビもの」でありつつも、清潔で邪悪さのない、多くは紳士的な死者たちの行き交う世界を描いて見せた。

これが私の「グレー・グレー」のプランの原点にある。ただ、「グレー・グレー」の世界は『生ける屍の死』ほどのんびりしておらず、生ける死者たちに生前から一貫する人格はあるとはいえ、社会は混乱し物資は欠乏し始め、貧困と自らの身体が腐りゆく絶望とによって非常に荒んだ者もいて、凶暴な何人かが襲って来る場面はやはり成立する。そこはどちらかといえばロメロの示す荒廃した世界に近い。

その上で、生ける死者との恋愛関係が描かれる。この「ゾンビとの恋愛」というテーマは二〇〇〇年に刊行された漫画『水野純子のシンデラーラちゃん』(もともとの題名に作者名が入っている)に触発された、とも思えるものの、わがことながらどの程度意識したかは曖昧である。『シンデラーラちゃん』は題名どおり『シンデレラ』を下敷きにして、「ゾンビの王子様」を愛したシンデラーラちゃんが自らゾンビとなって王子と結ばれ、ゾンビの王妃となるというパロディ的ラブコメディなので、眼玉を落としたり四肢や顔の下部が崩れたりという描写はあっても暗いところ絶望的なところはない。この漫画で注目されるのはゾンビとなるヒロインをとてもキュートに描いていることだ。ここへきて、可愛らしい腐乱死体というありえないものが、漫画というメディアのもともと持つ非写実性を生かして成立した。が、これはエンバーミングという手段を加えれば実写映像としても達成できはする。そこで私も山口雅也に倣い、エンバーミングによって身体崩壊による完全死を遠ざけ引き延ばすというストーリーを採用した。そこにもうひとつ、前章で告げた田中六大の『ZOMBIE』の夜の静謐さの記憶を振り返ってもみて、これでほぼすべてのカードが出揃ったように思う。

すると、全世界的同時異変というシチュエーションを別にした場合、この、幽霊と異なり確固たる肉体を持ち、かつ死後も意識ある死者というテーマは、実は、ブードゥーの魔術より、アメリカのやや古い時代の文学の方に見出されることがわかる。

エドガー・アラン・ポオの「ヴァルドマアル氏の病症の真相」（一八四五）がそれだ。死ぬ直前に催眠術をかけられた人が身体活動の停止以後も意識を保ち続ける、しかし、催眠術を解くと一気に死に身体も腐敗し去る、という物語は、ロメロよりもずっと早く、『生ける屍の死』『ZOMBIE』『シンデラーラちゃん』「グレー・グレー」『さんかれあ』のコンセプトを提示していたと言えまいか。

さらに言うなら、死者甦りのテーマは既に『新約聖書』ヨハネ伝第十一章のラザロ復活のくだりに告げられていて、むろんこれは相当意味合いが違う。しかし、この伝承をもとに、甦ったラザロが死の放射線のような虚無性を発して生きる人々を恐れさせるという、レオニード・ニコラエヴィッチ・アンドレーエフの「ラザルス」（ラザロの別読み、一九〇六）という小説が、あるいはこれら、かろうじて生前と断絶しない意識を保ちつつ、しかし異物としてあり続けるリヴィング・デッドの元祖と言えるものかもしれない。

【三】

なんとなくあの時代

大ロマンの復活（その一）

かつて『澁澤龍彥集成』、同著者訳『サド選集』を世に問うた桃源社は、一九六〇年代末から七〇年代いっぱいくらいにかけて、「大ロマンの復活」というシリーズを連続的に刊行した。

これは主に戦前の『新青年』誌等に掲載されたまま、忘れられていた探偵小説・伝奇小説・冒険小説を再発見するという趣旨のもとに小栗虫太郎とか国枝史郎とか海野十三、山中峯太郎、野村胡堂（『銭形平次捕物控』以外）、等々の著作をいくつも出版したものである。どうも今では想像できないのだが、戦後、このシリーズが始まるまでは小栗虫太郎も国枝史郎も、新刊ではほとんど読めなかったという。戦前の探偵小説を多く記憶する人だけが知る幻の作家だったのだ。

当時あまり事情は知らず、後から知ったことには、五〇年代半ばからの松本清張のミステリをその典型とする新たな「社会派推理小説」が大きく成功し、それに合わせて、同時代の、また後続のミステリ作家たちは一斉に、リアルな日常に起きる「ありそうな」犯罪だけをテーマにした「推理小説」（「探偵小説」ではなく。ただ、事実上、「推理小説」の表記が定着したのは当時たまたま、当用漢字による新聞等の表記制限で「偵」の字が使えなかったからとも聞くが）を書き始めたという。それでしばらくは戦前風の、殺人鬼が宵闇を駆けるような荒唐無稽な空想的探偵もの（基本は乱歩）は影を潜めたと言うし、小栗も夢野も国枝も必要とされなかったのだとしたら仕方がない。

知らないついでに勝手な感想を加えさせてもらうとして、世に五十五年体制と言われる政治体制下での経済発展志向とそのいくつかの面での成功の中、昨年よりは今年、今年よりは来年の給料が上昇すると実感していた日本国民たちの間であれば、政治経済ともに行き詰りが予感され、知識人から「時代閉塞」を告げられた戦前、昭和初年に盛んだったような、『新青年』誌的エログロナンセンス・モダニズムなどより、もっとリアルで損得勘定のはっきりした、現実的な世界認識の方がよほど切実な興味を引いただろう。また、一方、敗戦によって発言の自由を得た左翼の発想からは、資本主義的に発展し続ける社会への徹底的な批判意識が、「よさげに見える現実の裏で起きている許されざること」への執拗な追求にもなっただろう。

要するに、素朴に経済発展を歓迎する堅実な生活人と、マルクス主義的な視線から現状を批判し続ける知識人と、双方ともに「ここにある現実社会」が一番の問題であったということだ。そのとき、現実を離れていかにおもしろげな空想を語ろうとしても、所詮嘘、と軽んじられがちであったに違いない。同じフィクションでも、それがあまりに嘘くさくなることを当時は嫌ったようだ。一方で清張の『日本の黒い霧』に書かれるような、政治の裏に悪質な陰謀を確信させる事態は数多く見いだされ、今、目の前にある現実の知られざる真相こそ追求に値するものとも思われただろう。

とはいえ、真に体制のダークサイドを見つめようとし、プロレタリア文学者的な手つきでそれを成功させたミステリ作家は松本清張ただ一人ではないか、という意見(伊藤整によるか? ソース失念)を聞いたことがあり、曖昧ながら私もなんとなくそんな気がする。となると、やはりミステリという、元来空想から始まる小説ジャンルに「ここにある現実」ばかりで勝負しようとすると無理が出始める。常に手堅い現実的妥当性だけで語り続けるとすれば、特にミステリの分野では取りこぼしが多すぎる。非現実的で無理矢理で荒唐無稽なトリックに驚きたい読者は常にいる。後に社会派推理へのアンチテーゼのようにして通称「新本格ミステリ」が発生するのは、このあたりのミステリファンによる逆襲と思われる。

が、「新本格」の前に、まず、「旧本格」と、それを成立させる土壌としての「大ロマン」が復活すべき必要があった。

といって、陰謀論よろしく、最初から誰かによってそれが仕組まれたというわけでもあるまい。おそらく、六九年から翌年にかけ講談社によって刊行された、作者没後最初の『江戸川乱歩全集』(全十五巻)が大変よく売れたというところから始まっているのではあるまいか。この全集は乱歩生前に出されたそれと比べ、いくつかの点が画期的で、まず各巻に五葉ずつ、カラーの挿絵を挟み、それが当時評価の高かったイラストレーター、横尾忠則・永田力・古沢岩美、の三人に交互に描き下ろさせたものだった点、そして編集委員が松本清張・三島由紀夫・中島河太郎、という点がそれだった。挿絵についてはとりわけ横尾忠則のペン画とコントラスト極大の色合いとが印象深く、今も大切に保存している。

が、より驚くべきなのは、おそらく実質仕事はしておらず、列することを許可しただけだろうけれども、編集委員に三島由紀夫の名があるところで、このときまで、ミステリ作家の作品集の編集に高名な純文学作家がかかわることはなかったのではないだろうか。いや、これまた私が詳しく知るわけではないが、乱歩という作家が、それだけ偉大とされた、あるいは、三島級の作家に関わらせるべきと考えられた、という位置づけを読み取ることができそうである。これによってアーティストも乱歩には興味を持っているという示威になる。そこに六〇年代ミステリ作家では掛け値なしのトップである松本清張と、ミステリ界の御意見番、中島河太郎が加わって実にバランスよく、アート方面、ミステリ方面のどちらへも主張がなされつつ、実質をその道の権威に監督させたことになる。

なお、三島が乱歩の業績を尊んだのは彼が乱歩の『黒蜥蜴』を戯曲化・上演した経緯があってのことと思われるが、もともと三島はその性的な指向からも乱歩にはかなり興味と親近感を持っていたように私には想像される。さらに、三島の絶筆となり死後刊行された評論『日本文学小史』の末尾では、国枝史郎の『神州纐纈《こうけつ》城』が絶賛されていた。三島にはちょうどその時期、例の「大ロマン」の旗印のもと刊行され始めた、現代的でない戦前の伝奇ロマンへの強い賛同の念もあったことがうかがえる。するとこのあたりで私はいつも詮無い思いとなる。三島さん、もう少し生きていればもっともっと面白いことになっていたのですよ、それに死なずに九十くらいまで生きてくれていれば、あなたの死後、俄かに我が物顔を始めた作家批評家たちなぞ怯えて何も言えなかっただろうのに。など。いや、武人として死にたいと言った人に今更文人の愉しみを

★『江戸川乱歩全集』（講談社）に付けられた横尾忠則のカラー挿絵

訴えても意味あるまいが。

さて、かく講談社版第一回目（現在のところ三回目まである）の『江戸川乱歩全集』は話題となるべく刊行され、版元の思惑通り、大売れしたもようである。それにはまず乱歩ファンが根強く、だいたい十数年おきに代替わりしては新たな読者があらわれるという事実、もうひとつ私が推測するのは、社会派推理小説がそれだけではそろそろ頭打ちになってきていたからではないか、という理由だ。

先に記したように、ミステリから人工性と荒唐無稽やこじつけを排除してしまっては、一番美味しいところを捨ててしまうようなものである。当時の現実生活の目覚しい変化に目を奪われ、松本清張が「この現実」の中に起きる犯罪とその裏面を鮮やかに描いて見せたとき瞠目した人たちも、その後、清張だけは永遠のオンリーワンとしても、ミステリ全体が清張風になり続けることには飽きを感じてもおかしくない。推理小説と言いながら推理部の少ない風俗小説が増えてきていたともいうし、また一方、知識人批判的方向（このあたりが「サブカル」の始まりであるわけだが）から、どうも主に左翼の語る階級闘争的「現実」というのに飽き足りない、あるいはつまらない、反発を感じる、社会的正当性などどうでもいいからもっと煽情的な物語が欲しい、そんな読者は増えていたのではないのか。そこに古く懐かしい乱歩の現実離れしたエログロが復活した根拠がある。

ところで、実際には一般市民の感じるリアリズムとマルクス主義的世界観とは相当異なるはずなのだが、「空想を排せ、物質的・経済的現実を重く見よ」という姿勢は当時、双方が共有していたようだ。すると両者が向き合ったところから出てくるのが「社会主義リアリズム」というものではなかっただろうか。それはソビエト連邦（早くもこの名を知らない子たちがいそうだ）での絶対的な文化規範だったが、五〇年代から六〇年代の日本でも、小市民がちょっとばかり左翼を気取りたいとき、この社会主義リアリズム志向は重視されたもののように思われる。大学の頃、私の知った年上の「ブルジョワ左翼」の友人は（それがかなり綻びを見せ始めていたにもかかわらず）ソ連のやり方に賛同し擁護し、かつこうしたところから始まる左翼的「アヴァンギャルド」を称揚していたが、彼言うところのリアリズム度の低い「幻想文学」には全く興味がなかった。この態度は八〇年代以降、『批評空間』誌執筆者などの展開する左翼的言説（特にその前衛芸術礼賛と、批判的前衛性に掬い取られない非リアリズム表現への掌返ししたような教条的蔑視）を用意するものであったように思う。

今思えば、その友人の興味の持ち方は私より一世代前のそれであった。少なくとも私は社会主義リアリズムに興味もなく、そもそもリアリズムというときの意味がそれまでとはやや違い、なにかの層での「リアル」は大切だが、最大公約数的な約束としての生活実感や固定された社会批判意識の重視に必然性を見ていなかった。

簡単に言えば、世界を物質的妥当性によって限定してから考え始める型のストーリーがつまらないものに思え、何かの超越、もしくは異変を待ち望む、左翼たちがいつも敵視してきたロマンティシズムを言わず語らずに求めていたことになる。

ロマン主義はその根元を辿れば、近代人の自意識を用意したものであり、個と社会といったテーマもこれなしには始まらない。とはいえ、そうした歴史的なところが意識されたわけでもなく、ただただ大衆文学的な猟奇と驚異、怪奇と冒険が不足してきたところへ、乱歩をきっかけとして一気に供給が始まったということだろう。私自身の言う「ロマン」などというのもその程度の俗情に過ぎず、しかし俗情であるがため、率直に強く求められた。

『江戸川乱歩全集』(このときは全十五巻)の売れ行きからだろう、その完結の少し前から、非常によく似た黒い箱入り・赤い布装という装丁で全十巻の『横溝正史全集』が刊行され始めた。『乱歩全集』が、まだ完璧とはいえないにしても全作品を収録しようとしているのに対し、『正史全集』は作者が現役でもあり、またその多作から到底十巻では収めきれないため、正しくは全集でなく代表作品選集なのだが、それまで読まれる機会の少なかった戦前の、金田一耕助の登場しない作品が二巻分ほどまとめて刊行されたのは貴重だった。当時の帯文が「怪奇凄艶　幽玄妖美!　本格派探偵小説の第一人者横溝正史が刻した愛と血のロマン」である。その広告にはこのようにはっきりと「ロマン」の語が用いられており、乱歩に続く正史の小説群が、社会派推理的な志向には真っ向から対立する作為的な幻想と怪奇の物語世界であることを明らかにしていた。

これがたとえば『乱歩全集』を読み終えた層に歓迎されたであろうことは疑えない。なお、「犬神家の一族」を嚆矢とする角川映画により横溝正史がベストセラー作家としてミステリ界に再登場するのはこの全集と同時だったか、少し後だったか、ともかく七〇年代に入ってしばらくすると横溝正史の、主に地方を舞台とし因習と呪わしい血縁に彩られた和風ゴシックロマンスが大流行するのだった。

この乱歩・正史の再流行を見てのことだろうか、あるいは完全に同時だったのか、三一書房から『夢野久作全集』が黒枠に赤い、中村宏のグロテスクな箱絵を配して刊行される。これはまた思い切って怪奇・残酷を強調した絵柄によるプロデュースだが、それとともに広告文では「土俗の復権」という、当時の一部左翼にも受け容れられ易い反中央集権思想をも抜かりなく強調していた（もともと三一書房は左翼系とされる出版社である）。おそらく乱歩・正史とは異なり、夢野久作などという作家の全貌が知られたのはこの全集あってのことで、それ以前はまるで存在すら忘れられていたとおぼしい。この全集の箱カバー（箱の上にさらに同じ絵を印刷した紙のカバーがかけられていた）に青色の文字で刷られた惹句として「幻想と戦慄に満ちた精神の地獄絵　狂気の美が彩る残酷なロマン」とあった。やはり「ロマン」なのである。よほど当時は「ロマン」が求められたもののようである。

同じ三一書房からは打って変わって瀟洒な装丁の『久生十蘭全集』も出る。

またかつての『新青年』がとりわけ優れた探偵小説誌であったとの認識の高まりによったのだろう、立風書房からの『新青年傑作選』（全五巻）が発刊され、やや後、これとは別に角川文庫版五巻での選集も見られ、こうして「新青年作家」短編のスタンダードが決まり始める。

これらと相前後して、桃源社の「大ロマンの復活」シリーズが続々と刊行されてゆくのだが、ここからは次節に譲ることとしよう。

付『乱歩全集』が「ロマン」復興の先駆け、といったように記したが、後で確認すると「大ロマンの復活」シリーズ刊行の方が半年ほど早い。戦前の変格探偵小説の再流行をもたらしたのが乱歩全集の売れ行きであるという見解は今も変わらないけれども、『新青年』作家の再発見という偉業はどこよりも先に桃源社が始めたものであると、ここに謹んで訂正する。

大ロマンの復活（その二）

前回に引き続き一九六〇年代末から七〇年代にかけて桃源社から刊行された「大ロマンの復活」シリーズについての記憶から。

それにしても「ロマン」ではなく「大ロマン」とは何なのだろう。単に「ロマンの復活」ではインパクトに欠けるとの判断による宣伝的命名、というのが最も考えられるところだが、それはそれとし、当時の桃源社編集部の意向としては、たとえば「恋愛ロマンス」や「感傷的なロマンティシズム」といった意味の「ロマン」とは区別さるべきものという意味合いを強調したかったのだろうと私などは思う。

たとえばその初期の頃のラインナップを見ると、真っ先に国枝史郎の『神州纐纈城』、そして小栗虫太郎『人外魔境』、橘外男『青白き裸女群像』、国枝史郎『蔦葛木曾桟《つたかつらきそのかけはし》』、小栗虫太郎『二十世紀鐵假面《てつかめん》』、海野十三『深夜の市長』、というもので、小栗虫太郎の著作はここから続々と刊行され、最終的に装幀造本を改めて『小栗虫太郎全作品』全九巻にまで発展するのだが、その最初の刊行はどうも『黒死館殺人事件』ではなく、「有尾人」「水棲人」「畸獣楽園」等々十三編からなる「魔境もの」なのだった。しかも初版『人外魔境』の帯には確か「入手不可能と称された」という効果的な文句が記されていて、「かつて何ぴとも行けなかった秘境を語った奇書、それ自体、稀書」の雰囲気が相乗効果的に出ていた。またこれは、現代ではなかなかそうはいかなくなったが、かつて戦前ならありえた、世界中の人跡未踏の暗黒地帯を果敢に探検する、という懐かしいシチュエーションであり、戦後なら『少年ケニア』のような冒険小説にも続く要素を持つ。

一方に「これまで入手困難だった」という希少価値を強調しながら、もう一方で、あるスケールの大きさが意識されているのだ。当シリーズのメイン作家は小栗虫太郎と国枝史郎、そして海野十三だが、特に国枝の伝奇小説は世の時代小説と比べると格段に空想的要素が大きい。途方もない建築や奇人怪人、奇病、魔術、秘儀、怪事件が続出する。それらがどこまでゆくのかわからない先の見えない展開を続けるので、なるほど、リアリズム優勢時代には忘れられていたのであろうこうした荒唐無稽の椀飯振舞をもって「大ロマン」と命名したことにも納得がゆく。また、海野十三は戦前のSF作家、当時の言い方で言うなら科学小説作家であり、同シリーズその後の刊行に『地球要塞』『火星兵団』などがあるように、未だ宇宙船の飛ばなかった戦前に世界戦争どころか宇宙戦争まで描くところの壮大を「大ロマン」としたわけだろう。

いずれも嘘の大きさで勝負しており、ここに桃源社編集部の示したい「大ロマン」の意味合いが伝わってこようというものだ。この、伝奇、戦前の空想科学、秘境冒険、というテーマはそれぞれ国枝、海野、小栗以外にもある程度同傾向の作家が採られ、伝奇なら他に角田喜久雄の『妖棋伝』、野村胡堂の『岩窟の大殿堂』、空想科学なら蘭郁二郎の『地底大陸』、秘境冒険なら香山滋の『海鰻荘《かいまんそう》奇談』などが続く。よりストレートな「冒険」のテーマでは山中峯太郎の『万国の王城』というのもあった。さらにもうひとつ、「大ロマン」と言えるかどうかはわからないが「怪奇」とすべきテーマもあって、国枝の『神州纐纈城』もそこに加えうるけれども、探偵小説的な現代ものとして橘の『青白き裸女群像』、横溝正史『鬼火』、野村胡堂『奇談クラブ』などがそれである。

さて、以下、「秘境冒険もの」系列のもうひとつの代表的小説集、香山滋の『海鰻荘奇談』を主として少々語ってみようと思う。

これを特に掲げるのは、「大ロマンの復活」という見るからに期待溢れるシリーズを私が初めて知ったのがこの本によってだからである。しかもそこに収録の、日常を遠く離れた、毒々しくも果敢ない物語群とその表紙絵とがここに私が言うところの「大ロマン」のイメージを決定したものである。

ただし、香山滋（一九〇四〜一九七五）は小栗や国枝のような戦前の作家ではない。一九四七年に「オラン・ペンデクの復讐」でデビュー、四八年に二作目「海鰻荘奇談」で第一回日本探偵作家クラブ賞（後の日本推理作家協会賞）新人賞を受賞している。世に知られる部分で言うなら映画「ゴジラ」の生みの親、というのが最も手っ取り早い紹介になる。後に（『夢野全集』『十蘭全集』の）三一書房から全集が出て、幸いにも今では全貌がうかがえることとなった。この『香山滋全集』と、もうひとつ同じ三一書房からの『海野十三全集』は、幾度も版を変え時代ごとに刊行され続ける『乱歩全集』と異なり、ともに空前絶後のもので、全集としてはおそらくもう二度と出ることがないだろうし、そもそもこうしたマイナー作家の全作品がここまで詳細に収集されたのは千載一遇の僥倖と言うほかはない。またいずれも装幀が美しく、こんな形で読めるのも

★香山滋『海鰻荘奇談』(桃源社)

これが最後だろう。両全集完結のしばらく後、三一書房は倒産同然の状態となったのでぎりぎり間に合ったと言うべきなのである。

さらには出版不況以後、よほどの作家でも全集などというものは極度に出にくくなった。その権威から没後採算度外視同然で出される一冊一万円近い有名純文学作家の全集は、出版社の義務感と矜持が続くうちはこれからも出ることはあるかもしれないが、そうした権威に与らない作家の場合、売れる本以外が集大成されることはもはやないかも知れず、あるとしたら電子書籍だろうけれども、函入り上製本の全集など、よほど好きな読者が自腹を切って少部数で作る他には見られなくなるのではないだろうか。今もし、死後、豪華な紙の全集の出る作家になりたいのであれば、純文学の世界で大々的な文学賞を次々受賞し続けて特定の出版社の顔となるか、ごく少数の熱烈な読者に読まれる「カルト作家」となるかのどちらかしかないだろう。むろん電子書籍だけでよいという方、死んだ後のことなんかどうでもよいという方はいずれも問題ない。

この作品集『海鰻荘奇談』と出合ったのは確か、名古屋は栄町の古本屋でだったと思う。まだ新刊でも手に入ったのではないかと思うが、ちょうどその頃、古本屋を巡る愉しみを覚え、珍しい本はたいてい古書、という意識があった。ただ、私の場合、名古屋市街は普段行く場所でない。しかも当時、中学生であれば親とともに出る機会でもないと栄の繁華街を歩くことなどなかなかありえず、どこに古本屋があるかさえ知らなかったのを、何かの都合で連れて来てくれた父に教えられ、古本屋街というもののあることを知ったのだった。

中の一軒、というのがもう何という店か、どこにあったかも忘れたが、なんとなく鄙びた店構えだったのだけ憶えている。というか、その頃、あるいは今も、そこいらの古本屋というのはどれも鄙びていたことだろう。

だいたいは江戸川乱歩系列の作家を目当てに探すのだが、香山滋の名は意識していたかいなかったか。確か父の蔵書に『ソロモンの桃』という新書サイズの「探偵小説叢書」類のひとつがあり、これで名は知っていたと思う。しかもそれは小学生時、一部、父に読んでもらった憶えもある。とはいえ、そのときはなにやら日常から遥かに遠い冒険小説の作家といった印象だけがあって、それが、古本屋で見出された妖艶ともパノラミックともあるいはユートピア的とも言えるような不思議な函絵を見たとき、直接は結び付かなかったような気もする。こんな乙姫のようなウンディーネのような（というたとえは当時できなかったが。まだ『ウンディーネ』を読んでいなかったからだ）半裸（なのか全裸なのか）の美女が海底なのかどこかの密林の中の沼なのか洞窟なのかよくわからないところにいて、うねうねと奇妙な海藻やら泡やらが立ち上る、裸の背を見せる女とそれを眺める髭の男、かと思うと怪しい黒頭巾が二、三人いるわ、鳥の翼のようなものの下の方に海亀らしいものの顔がのぞくわ、秘境風竜宮城的な別世界を今も何と言って示せばよいかわからない。ただ楽園のようにも魔境のようにも見えるその絵が何よりも内容をよく示しているように思えた。まだ読みもしない先からこれは何かある、仇やおろそかにできない作品集であると直感し、多少エロティックな印象からいくらかは躊躇ったのかも知れないが、遂に購入を決め、幸い中学生にも買える価格であったのだろう、難なく手に入れた。

　収録作品は表題作「海鰻荘奇談」のほか「オラン・ペンデクの復讐」三部作、「怪異馬霊教」「白蛾」「ソロモンの桃」「蜥蜴の島」「エル・ドラドオ」「金鶏」「月ぞ悪魔」で、「海鰻荘奇談」は人間の内臓を吸い取って喰う鰻型の凶暴な生物の引き起こす殺人事件、「オラン・ペンデク」は近親相姦の果ての徹底的な退化の末、知能と個を失ってすべてが同じ美しい容貌で存続する新人類（というべきなのか、退化人類とすべきか）の発見される話、「月ぞ悪魔」は恋人の頭を腹に移植して生かしている女の話、そして「エル・ドラドオ」はジャングル奥地の沼地に棲む軟体人間の話、「怪異馬霊教」にも小さな石の虚《うろ》に入り込んで眠る不思議な人間が登場する。等々、どれもこれも異様な生物学的奇想譚で、仮に「生物学的」と言いはしたが、いずれも真に生物学上妥当な話とは思われない。またそれらには大抵、「野生」を感じさせる妖艶な美女が登場し、主人公をこの地の果てへといざなう。

　なお、表題作は右に記したとおり変格探偵小説であって、すべてが秘境冒険ものとは言えないが、ともかく今いる場所を離れてどこか見たこともない地で異常な生態を持つ未知の生物に遭遇するという種類の物語にはそれこそ「大ロマン」が存分に展開していた。しかもそれらは進歩発展や開発とは無縁の、退化とか衰亡を間近にしたような未来のない頽廃を感じさせる物語ばかりで、五〇年代六〇年代日本の無神経な経済発展・進歩開発志向に真っ向から背くところが心地よかった。

　さらに巻末の解説が実に優れており、この香山の世界を「落日の理想郷」と呼んでいる。殺し文句とはこういうものだろう。この解説者が種村季弘であった。

加え、最初只者でないと予感させた函絵は野田弘志によるもので、繊細なペン画と淡い色彩とで文字通り落日の理想郷を描き了せている。なおこの人は『横溝正史全集』（最初の全十巻版）後半五巻分の挿絵も手掛けていて、『乱歩全集』での横尾忠則の絵が全巻紹介のポスターに用いられていたように、『正史全集』の広告には常にこの人の描くビアズレー風のペン画があった。

この『海鰻荘奇談』は本体糊布装、それにボール紙製で上下のところをステープルで留めた簡略な函（塗り函ではない）の表にカラーの絵を大きく印刷し艶の出るようコーティングしたものである。「大ロマンの復活」シリーズは最初どれも同じ布(もしくは布に糊)装に函という体裁だったが、再配本あるいは再版からは本体はそのままのカバー装のもの、また本体を紙装に変えたものがある。また別に続編のようにして出たソフトカバーの「ロマンシリーズ」というものもある。

ところで、忘れられた作家を復活させるという趣旨から生まれた叢書の一冊としてこの『海鰻荘奇談』が刊行された一九六九年前後、しかし他の戦前作家たちのように香山が完全に忘れ去られていたというわけではなかったと思う。作品発表は随分減っていたとはいえ作家自身が現役であったし、確か当時講談社の「ロマンブックス」（おや、これまた「ロマン」である）という新書サイズの叢書に『地球喪失』という長編が入っていた憶えがある。例の「ゴジラ」発案の件も知られていたわけであるし、書店で探してまるで見つからないという作家でもなかったように思うのだが、よくはわからない。ただ、「復活」であることが前提であれば、これが刊行された時期、特に初期作品はもう読めなくなっていたはずである。

「大ロマンの復活」シリーズ各巻末に添えられた刊行書リストの、香山の巻についての紹介文によると、「幻想浪曼の世界に、独自の風貌を示す香山滋の一九四〇年代の傑作を厳選、世に送る」とあった。この「厳選」は嘘でなく、今から見ても真に代表作だけが収録されていると後でわかった。それから随分後、講談社から文庫で「大衆文学館」というシリーズが出たとき香山滋の作品集も一冊入ったが、収録作品は確か全く同じ、また題名も『海鰻荘奇談』であった。

まだ全集を全巻読み終えたわけでないので断言はできないが、香山滋という作家はデビュー後十年間くらいがその全盛期だったのかも知れず、例の社会派推理全盛の五〇年代後半から六〇年代までは文字通り、落日の意識にいたのではなかっただろうか。たまたま「怪獣もの」という新ジャンルを開拓しはしたが、しかし、それも初期のような異様な生物奇譚とは大きく違っている。これは私の見解だが、現在の日本でイメージされる巨大生物としての、グロテスクになり過ぎない(ある程度の崇高美を持つ)「怪獣」は飽くまでも映像のためにあるモティーフで、文学だけでそれを十分な満足とともに描き尽くすことはおそらくできない。しかも、香山の本領は必ずしも巨大でない異様で不気味な生物とその生態が、戦前風の古生物学的・医学的語彙を用い、きわめてグロテスクな様相で語られるところにあるので、現在ならホラーノヴェルの領域として可能かもしれないが、六〇〜七〇年代当時子供向けとされた怪獣映画主体の「怪獣小説」に力を注いでも、香山本来の可能性をあまり拓きはしなかっただろう。

あるいは、敗戦後十年ほどで訪れた高度成長経済の始まりとともに早くも香山の居場所はなくなっていったのではないのか。『海鰻荘奇談』刊行の六九年にようやく「再発見」があったとしても、それは改めて終わっていることを確認しただけだったのかも知れない。

だが、今、再び読み返して見れば、依然その「大ロマン」には反応できる人も多いことと思う。一度終わった作家ほど強いとも言えまいか。その無情に雄大な落日の残照を浴びつつ私たちはもう何かを追いかけることをやめ心やすんじて後ろ向きになれる。香山滋の「大ロマン」とはそうしたものである。

我等終末ヲ発見ス、以来四十有余年

　宇宙の終焉は物質がすべて崩壊して完全に光のない真っ暗なままの状態が無限に続くだけ、という説を最近聞いた。遥か先の先の、気が遠くなってもまだ届かない先のことではあるが、何か息苦しくなってしまう話だった。

　確かに完全な「終わり」ではあるのだが、これをカタストロフィーとは呼び難い。われわれの想像するカタストロフィーとは突然、短期間に起こる負の激変、大異変、破局を意味するからだ。

　ところで私たちはみな、自己の最後に死があることを知っている。これが私たちの知る最小単位の「終焉」である。しかもその死とは誰も同伴してくれることのないただ自分一人の消滅であり、その後に意識が残ることはひとまず慮外とされる。仮に輪廻転生があったとしてさえ、今の自分の自意識は一旦リセットされるとわきまえておかねばならない。魂にせよ阿頼耶識《あらやしき》にせよ、何かが残るとしても「この意識」は残らない。とすれば、そのことを強く継続的に想像するうち、現れてくるのはやはり大宇宙終焉説を聞いたときに近い虚無感だ。

　ここで仮に、個の消滅がすべての消滅と同時である場合を想像することができたなら、結論として意味があるかないかを越えて、その想像はある魅力を帯びる。全世界とともに消滅する自己という想像は、究極のプライヴェートであるところの死を、そのまま公のものでもあると錯覚させるからだ。

冒頭告げた「宇宙の終焉」説がどこまで正しいかはともかく、仮に宇宙の帰結が完全無明の、何もない状態になるだけ、とするなら、終末を絢爛たるカタストロフィーとして思い描かせる『ヨハネ黙示録』は、徹底して人間中心的な宇宙観を確立しようとした偉大なプロジェクトに思われてくる。そこでは宇宙と個人の運命が同一の、最高に劇的な終末を迎えることによって無人格な時間にロマンティックな有機性が付与される。

またおよそ古代以来、ヨーロッパ近辺にあった宗教の語る終末、その恐ろしい破滅の描写は、それを聞く人間の心をことさらに波立て、すると逆に、今ここにある生の果敢なさ頼りなさ、かけがえのなさが自覚されてきはしないだろうか。

翻って日本で「終末」が多く語られ始めたのは一九七〇年代からと記憶する。『ノストラダムスの大予言』(一九七三)という、あたかも「人類滅亡は近い」「二十一世紀直前にわれわれは破滅する」と告げるかのような書物がよく読まれ、映画化までされた。当時、「終末」の発見は同時多発的であったようでもあるが、発端と言えるのはこの書物だろう。

このときの日本人にとっての衝撃は、案外、明治以来のものではなかっただろうかと今、思い返される。明治以後、「文明開化」によって科学、技術、法学、経済学、哲学、芸術、等々、おびただしい西洋の文化文明が取り入れられたものの、知られるとおり、宗教だけはほとんど真剣な受容がなされなかった。大半の日本人はキリスト教の精神を骨身に沁みて受け取ることがなかった。だが、その教義に含まれ、かつ最も心揺さぶる「世界の終わり」という激越なヴィジョンだけをこのとき、トラウマに近い形でかなり深い部分にまで受容したのであると思う。

言うまでもないが『ノストラダムスの大予言』に語られるカタストロフィーは本来のユダヤ――キリスト教の教義にあるそれとは全く異なる。カトリックからすれば異端の思想である。しかもそうしたこと以前に『ノストラダムスの大予言』という書物自体がもとにしたというノストラダムスの原著書『予言集』ともかけ離れ、しかも事実誤認と虚偽による恣意的な誘導のきわめて多い駄本なのだ。だが、世に影響を与えるものが必ずしも優れた英知の産物であるとは限らない。この本により西洋的終末観念の俗化が巧妙に行われたことは確かである。原著者ノストラダムスがどれだけ終末を意識していたかはわからないが、ヨーロッパの背景、歴史は、彼に「世の終わり」めくレトリックを許しもしたであろうし、その地で書かれた「予言」の書であるならいずれにせよヨーロッパ的発想による「終末」は前提とされている。ともかくも、世界はいつか劇的に終わるという思想はキリスト教がその基本とするものであった。そこを大きく歪曲し、「世の終わり」だけを扇情的に強調しながら、『大予言』の著者はヨーロッパ原産の終末思想の核だけは確かに伝えた。

さらにまた、宗教的厳密性を離れて考えれば、ヨーロッパで紀元一千年を迎える直前に起こったと聞く、黙示録的世界終末を極度に恐れた人々による大騒乱は、その震撼すべき未来への恐れという意味から、本質のところで『ノストラダムスの大予言』受容のされかたにも存外遠くないと思われる。日本は、一九七三年以後ようやく、中世ヨーロッパの民衆が感じた「世界終末への恐怖」を同じ一般大衆レベルで知ったのだ。

これが単に話半分の面白さだけでなかったことは、八〇年代以後に現れるカルト的新興宗教が「世界の終わり」を説き、そこから世界を救う、もしくは自分たちだけが選ばれて生き残る方法、としての教義を伝え、かつ、それが若い層に広まったという歴史を見ればよく了解されるだろう。

また一方、一九七〇年代を境に、永井豪の『デビルマン』(一九七二年から連載開始)をはじめ、世界の終末をテーマにした、あるいは前提とした物語が激増し、それは次世代の日本の文化を形作ってゆく。かつてキリスト教徒がどれだけ熱心に布教しても原罪の観念を血肉化した日本人はきわめて僅かでしかなかったのと、この状況とを比べれば、黙示録的終末というオブセッションがいかに多くの日本人の心に届いたかがわかるだろう。以後、日本人の時間のとらえ方は、伝統的仏教的な「円環」であることをやめたかにも思われる。

こうして、私たちは、聖書など読んだこともないが、黙示録とかいう本に出てくる世界の終わりだけは切実に想像できる、そういう文化を築いた。それは、あるいは、ヨーロッパという地に咲いたヒューマニズムの起源をようやく知ったことであるのかもしれない。

日本SF、希望の行く末

ある月のよい晩、ふと連れの者が空をさして
「月には間違ってテレポートした超能力者の死体がある」

と言うので「そうそう」と答えた。

半村良《はんむらりょう》の『産霊山《むすびのやま》秘録《ひろく》』（一九七三）を前提とした会話である。

日本には古来「ヒ」と呼ばれる超能力者集団がおり、歴史を裏から動かしてきた、彼らは三種の神器を用い、云々。半村良の伝奇ＳＦとして最も知られる一作だが、現在はどれだけ読まれているものだろうか。他に『妖星伝』全七巻（一〜六巻　一九七五〜八〇、七巻　一九九五）も同じく超能力者たちの闘争を描く。一巻から六巻までは年一冊ずつ単行本化されるたびにリアルタイムで読んだ。一九七〇年代後半のことである。なお六巻終了の後、十数年を経て書きつがれた第七巻は、私から見ると、やや時期を逸し過ぎて感じられた。というより、第六巻ラストの「diminuendo」（この章題だけアルファベット表記）、それまでの無残絢爛怪奇壮絶奇想天外の果て、超絶的な超能力者だった女が愛に生きようと、まことに心静けくただの人として市井に埋もれゆく、そのもののあはれは、ここで完結こそふさわしくも思われたものである。

同じ七〇年代後半に私の読んだ日本ＳＦの名作には、そうした、天地未曽有の戦い終わって後

のささやかな個の営み、というラストを持つものがほかにもいくつかあったように思う。典型的なのは小松左京の『果しなき流れの果に』(一九六八)か。

十億年の時空を駆け、歴史の改変を見、闘争／逃走し、宇宙意識進化の謎を追い続けた一人の男の意識体は遂に限界を越えようとしてすべての記憶を失い、我はいずれかも忘れて、かつていた時代のかつていた場所へと戻される。

そこに待っている一人の女性、というこのあたりのテイストは『復活の日』(一九六四)末尾とも似ている。こうした、英雄落魄し幼児のごとくとなっての帰還、それをひたすらいつくしむ女、というラストは、男たちの感涙をしぼるものらしく、古く「ペール・ギュント」からある、男性にばかり都合のよい遍歴物語ではある。八〇年代以後、SFの分野でも女性作家の台頭とともにその姿勢は批判されてゆくことだろう、だが、七〇年代、沢田研二が「サムライ」(一九七八)「カサブランカ・ダンディ」(一九七九)を歌うよりも前に語られた物語であった。歴史的な感情か否か、ともあれ、物語中に行動する主体者の性別を問わないのなら、壮大、超越的な体験の後に敢えて極小の個の慰安を伝えて終える構成に胸を突かれる人は今もいるに違いない。

一九七〇年代は日本のSFが最も注目され、かつまた最も自由を得た時代であった、優れた作家たちが一堂に戯れた時代であった、と私には記憶されている。たとえば、当時、「『新青年』をもう一度、の夢を抱きつつかつての探偵小説を発掘し、新たな価値を見出す」と外部者からも容易に推測される動機から創刊された探偵小説専門誌『幻影城』(一九七五〜七九、その名は言うまでもなく乱歩の代表的評論集にちなむ)創刊号の特集が「日本のSF」として過去の変格科学探偵小説を再録・紹介していたことからも、当時のSFの人気がうかがわれる。ミステリに特化しようという専門誌が、既に提示されていたであろうさまざまな企画の中から、その最初のところで世上の人気を慮り、敢えて古い時代の空想科学小説を特集したのである。なお『幻影城』は三号での「本格探偵小説」の後、「幻想小説」、「怪奇ロマン」、等を特集し、「変格探偵小説」をも重視する姿勢を示していて、その意味で、戦前は変格として探偵小説に組み入れられていたSFを特集したことに編集側の「変節」があるわけでは決してない。ただ、順序としてSFを真っ先に出してきたところに当時の日本SFの影響力を見るというだけである。後の「新本格」をも準備した偉大な一大プロジェクト『幻影城』をこの件ばかりで語るのは心苦しいが、今回は飽くまでも七〇年代日本SFの側面からの話ゆえお許しいただこう。

雑誌でいうなら当時『面白半分』という月刊誌に一時期、筒井康隆編集の期間があり、ここに結集したSF作家仲間たちが限りない「いちびり」を繰り広げて壮観であった。それらに見られる逸脱的愉楽的な法螺話馬鹿話の連続はまた『SF作家オモロ大放談』（一九七六）収録の座談によくうかがわれる。

優れて頭の良い仲間同士で夜を徹し最高にくだらない話を続ける楽しさ、というのが私の記憶する七〇年代日本SF作家たちの営みである。それほどに楽しげであったのは長らくの不遇の時期を同志としてやり過ごしてきたことにもよるのだろうが、またそこには日本SFというそれまでの伝統をほとんど持たないジャンルが今ここに始まるという、過去はなく明日しかないという明るさによったに違いない。

はたして日本SFはそれら放談を交わしていたメンバーたち、いわゆるところの第一世代によって大きな飛躍を遂げ、小松左京の『日本沈没』(一九七三)がベストセラーを記録した後には、SFの名が付けば売れるという時期が確かにあった。

一九七〇年代半ばの自分の事情を言うなら、ちょうど早川書房から『世界SF全集』全三十五巻(一九六八〜七一)が刊行された数年後であり、海外のものなら主に五〇年代からのハインライン、クラーク、アシモフ、ヴォクト、ベスター、ブラッドベリ、ブラウン、スタージョン、あるいはレム、といった作家にはある程度親しんでいたし、中学の頃、星新一の『未来いそっぷ』(一九七一)や『ようこそ地球さん』(一九七二)等々、新潮社版小型ソフトカバーのシリーズを友人から教えられ一時連続して読んでいた。筒井康隆は既に名高く、かつてNHK少年ドラマシリーズとして放映された「タイムトラベラー」の原作者としても知っていた。

おそらく小松左京の人気が絶頂を極めた頃、日本作家作品に特化したハヤカワJA文庫が発刊され始め、第一回配本が小松の短篇集二冊『時の顔』『御先祖様万歳』(ともに一九七三)ではなかっただろうか。表紙は生頼範義《おうらいのりよし》であった。中でも表題作「時の顔」には心から讃嘆させられた。

小松左京は先にあげた『世界SF全集』の後ろの方の巻に収録の『果しなき流れの果に』と『継ぐのは誰か』(一九七〇)を既に読んでいた。この『世界SF全集』は外国作家数十人の代表作を収録の後、計六巻分ほどかけて日本作家の作品をも収録しており、確か安部公房、星新一、小松左京、ときて、筒井康隆・眉村卓・光瀬龍、の三人集があって後、欧米・ソ連東欧の短篇集とともに日本の古典・現代短篇集が二冊あった。半村良と平井和正の長篇連続発表が始まる前の企画であったためだろう、両者は短篇しか収録されていない。また荒巻義雄以後の作家、山田正紀、かんべむさし、あるいは栗本薫もこの全集刊行の後に本格的な活動を開始したものと記憶する。またこの当時の私は広瀬正を名のみしか知らなかった。

全集収録になる筒井康隆の『48億の妄想』（一九六五）もそこそこではあったが、筒井なら「幻想の未来」（『幻想の未来・アフリカの血』所収、一九六八）がより強い印象を残した。自分がこれを読んだのは七三年より後で、ときあたかも『ノストラダムスの大予言』（一九七三）から発した「終末ブーム」とやらの最中だった。読み終えればクラークの『幼年期の終わり』的展開ともとれるこの『幻想の未来』だが、冒頭から中盤にかけての異様凄惨なミュータントたちの描写が、スラップスティックのみでないこの作者の「グロテスクへの郷愁」を教えることとなる。確かに乱歩が発見し称揚しただけある作家だと思った（筒井のデビューは短編「お助け」を乱歩が賞賛したことからとされる）。他にも『にぎやかな未来』（一九六八）に収録のごく短い短編が不安であったり懐かしげであったり文字通りのセンス・オブ・ワンダーであったり、こもごもに優れていた。当時読んだもので『家族八景』（一九七二）『七瀬ふたたび』（一九七五）、『将軍が目醒めた時』（一九七二）『メタモルフォセス群島』（一九七六）『バブリング創世記』（一九七八）所収作等々、今も愛する作は多い。

『SF全集』に筒井と同時収録であった光瀬龍の収録作は『たそがれに還る』（一九六四）だが、そこから始め、『百億の昼と千億の夜』（一九六七）『喪われた都市の記録』（一九七二）と読み進めると、未来史的長編のむなしくも遥かな記憶が得難く、確かにこうしたところに日本SFの真価はあったのではないか。

また後の菊地秀行や夢枕獏のそれへと続く身体変容ハードボイルドを発明したとも言える平井和正のウルフガイシリーズ（一九六九〜）のほか、『死霊狩り』（一九七二〜七八）、『サイボーグ・ブルース』（一九七一）、『悪霊の女王』（一九七六）等の初刊本・文庫本も多く生頼範義が表紙を飾っている。これらは非常に愛読したものだ。しかし『人狼天使』（一九七八〜八〇）は途中で読み続けるのをやめ、角川文庫版『幻魔大戦』（一九七九〜八三）の数巻目（石ノ森章太郎によって漫画化された部分より後の展開）からは全く興味を失った。半村良なら先に記した長編の他、『石の血脈』（一九七一）、あるいは『黄金伝説』（一九七三）から始まる伝説シリーズ、短編集『およね平吉時穴道行』（一九七一）所収作等々いずれも忘れ難いが、後の『太陽の世界』（一九八〇〜八九）には失望した。平井・半村の二人は七〇年代に全盛を誇った後、私には、ある時期から何かが一気に失速して見えたことで似た経過を思わせる。時代に添い過ぎた、というべきなのだろうか（ただしそのしばらく後、両者とも回復・復帰したようではあるが、私はもうそこからを読んでいない）。

だがやはり七〇年代日本SFの王は小松左京で、ここでまた自分事を記させてもらえば、大学の入学手続きのため単身上京したときのことだ。立教大学での、あまり複雑でない手続きを終え、池袋駅前にある東武・西武とやらいう百貨店を物珍しさから見て回り、するとその西武の隣にパルコというこれもデパートらしいものがある。たまたまその中に書店もあって、ならば都合よしと帰りの新幹線車内で読むべき書籍を探した。そこに小松左京の『ゴルディアスの結び目』

（一九七七）というさほど厚くないハードカバーが一冊見出される。例によって表紙はリアルで色彩の強烈な生頼範義だ。確か中央部の割れた卵の中から女性の顔が覗き、その周囲を古代の男性像か魔物のようなものがアラベスク風に横切る、そんな絵柄であったように記憶する。

この頃、小松左京なら間違いはなかろうと信頼していたので迷わず求め、帰りの車内で読んだ。四篇の短篇によって成る、それほど緊密でない関係の連作のような短篇集だが、順に読むとなんとなく全体でひとつのようにも思えるもので、とりわけ「すぺるむ・さぴえんすの冒険」という一作が集中の核をなして印象深い。遥か未来、遂に住めなくなった地球を後に、人類一人一人と地球生命そして環境すべてを情報として運んでゆくのだが、運搬する宇宙船はあるときブラックホールにとらわれてしまう。落下の直前、リーダーの判断で全情報が宇宙に放出される。それらは多く欠落しながらも、超越的な何者かによって確実に受け取られ、宇宙のどこかで再現されるだろう。

なんと遥かななんと微かなしかし絶大な希望だろうか。小松左京はおそらく最後まで、希望の作家であったに違いない。

七〇年代は否応なく終末を強調された時代だったが、小松の作に限らず、当時の日本SFには世上の短いスパンでの「終末」観をそれなりにあしらいつつも、驚異・恐怖・諧謔・風刺・皮肉等をも組み込んだ先のより大きな希望があったように思う。それは仲間と法螺話を語り合う楽しさと同源であっただろう。

その印象が私に、一九六〇〜七〇年代日本SFというものをファンタジーのように回顧させる。ときに実際の理論を用いながら、飽くまで生の現実からは距離をとり、さまざまな心の遍歴を具現化する、空想科学という名の夢と魔術の物語がかつてのSFの主流ではなかったか。それはリアルな実生活をひとまず離れ驚異と大嘘を楽しむ心であり、また、意外に古い時代から受け継いだ崇高とロマンティシズムの発露の場でもあった。

さてところで、遅きに失した感があるが最近(二〇一二年)ようやく伊藤計劃の『虐殺器官』(二〇〇七)と『ハーモニー』(二〇〇八)を読んだ。そして感じたのはどうもかつてのような意味での科学ファンタジーではないということだ。さまざまにSF的な機器や仕掛けが用いられるものの、その世界はわれわれの実感する世界とどこかで地続きに思える。複雑で容易に見通せず、かつ過酷で弱小の個にとってはおおよそ無慈悲である現世界の状況に対し、期待し過ぎず、絶望もせず、冷静にそして繊細に解析する視線が常にある。情熱とか夢想、願望、個の強い思い入れをできるだけ排して思考しようとするらしいそれは、私たちが今をよりリアルに批判的に判断するときの姿勢に近い。近未来を舞台とし、タイムトラベルのようなもともとファンタジー性の強いテーマを用いていないこともその印象を深める。加えてその認識方法は、サイバースペースが日常と化した私たちの意識のリアリティに近くある。

かつてウィリアム・ギブスンの『ニューロマンサー』(日本語訳一九八六)を読んだおりは「サイバーパンク」というサブジャンルの呼び名の新しさより、さらなるファンタジー性に目が行ったものだ。そして今考えても、その題名に騙し絵として奥に読まれる「ロマンサー」のとおり『ニューロマンサー』は電脳ファンタジーである。だが、私たち自身が確かに電脳空間をもはや童話としてでなく体験することとなって以後制作された、たとえばアニメーション版「攻殻機動隊」の、とりわけS.A.C.と呼ばれるＴＶ用作品群（「S.A.C.」二〇〇二～二〇〇三、「S.A.C. 2nd GIG」二〇〇四～二〇〇五）は、明らかに『ニューロマンサー』の後続作品でありつつも、そのご都合主義的な部分とある程度の勧善懲悪的展開を別にすれば、それなりにリアルな感触を持つとも言える。

一九七〇年代に読まれていた日本ＳＦから私の印象したものが科学ファンタジーであるなら、伊藤計劃の二長篇は科学物語を用いた批評ではないかと思われた。彼方には希望という非合理への諦念がほの見える。私たちの体感から逸脱することを喜ぶところは少なく、どこまでも意識のリアリティに近づきつつクリアな視界を得る時の晴れやかさがあった。それは夢でなく覚醒をめざしている。ファンタスティックな希望なしに生きる方法を模索している。ただ、ミステリの世界で六〇年代以後、昔の『新青年』的な探偵小説が「リアル」な社会派推理小説にとって代わられた、というような意味の「リアリズム」とも違う。それは意識を意識するメタレヴェルでのリアル、とでもいうべきものである。

伊藤計劃がゼロ年代を代表するＳＦ作家として礼賛されるには理由があったとようやく納得された。そしてそれは、いかなる破滅を描いても希望に満ち、希望しか前提されなかった七〇年代的科学ファンタジーと一線を画してこそであろうとも思われた。

なお、私自身は今も科学ファンタジーを愛する者であるのだが、ときに希望を希望として信じられなくなる一瞬の、生のため息のようなところで伊藤計劃的世界には無縁でないとも思う。ゼロ年代以後を生きるとはそういうことではないか。

テラーとタロー、そしてある論争について

「テラー博士の恐怖」というオムニバス形式のホラー映画は一九六五年公開だそうで、この頃であればまだ「怪奇映画」という呼び方のほうがふさわしく、また内容も近年のホラーとは相当異なってやはり古い怪奇の世界であった。往年の吸血鬼俳優クリストファー・リーと、ヴァン・ヘルシング教授役で知られたピーター・カッシングの共演というのもゆかしい。なお、この二人は「ドラキュラ」以外も多くの怪奇映画で共演している。

ストーリーは、同じ列車に乗り合わせた五人の男の前に現れる「恐怖博士（ドクター・テラー）」と名乗る人物（カッシング）が、一人一人にカード占いをして見せ、その顛末がいずれも怪奇な破局ばかりであるのを順に映像として見せ、最後にいずれの未来にも「死神」のカードが出ていたことを示して消え去るというものだ。その予言が、狼男や吸血鬼に襲われたり化け物植物に食われたり、あるいは自動車事故で片手を失わせ自殺させた画家のその片手首に追い詰められたりといった展開で、手首の話はご存じW・F・ハーヴィーの「五本指のけだもの」をもとにしている。この小説を印象深く感じる向きは多かったらしく、かつて水木しげるが『墓場の鬼太郎』の読み切りエピソードとしても用いた。ここで手首に狙われる美術評論家をクリストファー・リーが演じていた。

★「テラー博士の恐怖」

ところでテラー博士の使っていたカードというのがタローカード、現在日本でいうところの「タロット・カード」、当時のスチール写真を見るにどうもマルセイユ版のそれらしい。このカードの呼び方にまつわる昔語りを今回、いくらか記そうと思う。

私は「テラー博士の恐怖」という映画を劇場では見ておらず、テレビ放映されたさいにようやく見ることができたのだが、そのような映画があることは少年雑誌の紹介記事によって予め知っていた。『週刊少年キング』(少年画報社、一九六三～八二) だったかと思うが確認はできていない。その記事には、確か「テラー博士と名乗る不思議な紳士が『タロー』というカードを用いて全員の未来を占う」といったような記述があって、このとき、私は「タローカード」という奇妙な名称の占い札があることを初めて教えられた。またそれは「タロット」ではなく「タロー」と書かれていたこともよく憶えている。

この記事を読んだのは少なくとも映画公開の年よりは後のはずで、六四年か六五年くらいではないかと思うのだが、この頃、タローカードもしくはタロット・カードはまだ日本で一般的に知られるものではなかった。これが受容されるのは日本でオリジナルに制作された辛島宣夫《からしまよしお》著『タロット占いの秘密』(二見書房サラ・ブックス)ほかの発売以降だそうで、それが一九七四年である。以来、広く用いられ、また本場ものの輸入も始まって、現在に至る。

が、よく知られるようになったさいの呼び方が日本では一貫して「タロット・カード」で、今も変更はない。占星術師の鏡リュウジ氏のサイトでの記述を見ると、「日本では完全に『タロット』になってしまいました。うーむ。まあ、今ではタロットは英語圏、仏語圏ではタロウと発音するというのはほとんどすべての人が知っていますから、少しはお許しいただければと思います」とのことであった。おそらくプロの世界でもこういった態度をとるのが通例なのだろう。

そもそも綴りがTAROTなのだから、フランス語でもないのに「タロー」と読ませるのは日本では無理がある。それと、初めて少年雑誌の記事にその名を見たとき感じたことだが、「タローカード」とはまた、なんと西洋的でない、「太郎カードがあるなら次郎カードはどうした」と無駄口でも叩きたくなりそうな、つまり初めて耳にするとき、日本語の中にあっては冗談でないかと思えてしまうくらい西洋的な神秘やハイカラさに欠ける発音なのである。それやこれやで広く用いられる際に「タロット」になってしまうのも仕方ない、というような意見はあるだろう。ただ、そこには便宜や大衆性だけでない歴史もいくらかある。

それにしても、一九六四、五年当時に、TAROTをタローと正しく読む記事を書いたレビュアーはよほど詳しい人であったか、あるいは映画そのものの宣伝材料として送られた資料の記述が正確だったわけである。現在のレビューにならなら、知っていても敢えて「タロット・カード」にしないと一般的でないとして訂正が入るのではなかろうか。

私はこのカードをそこそこ愛していて、いくらかは占うこともできる。といっても素人ゆえ、大アルカナ二十二枚を用いて行うだけである。小アルカナ五十六枚の正位置と逆位置の意味まではとても覚えきれていない。愛用はライダー・ウェイト版、ほかヨーロッパ土産のトート版等数種を所持する。

　この程度に愛着があると、やはり「タロット」にはいくぶん抵抗があるもので、それはそれとしてわかった上で自らの著述に必要な場合は「タローカード」で統一している。

　この微妙な感触にはまた、別の根拠もあって、それが一九七四年、一般にはほとんど知られず起こり掲載誌の休刊とともに自然消滅したタロー／タロット論争である。

★『奇想天外』1974年10月号

　これは当時、「タロットカード応用術」の題名で雑誌『ゴロー』（なにかこう、どこまでいっても駄洒落か冗談のようだ）に掲載の別印刷カード付き紹介記事を監修し、西洋オカルティズムの権威として知られ始めていた種村季弘と、ミステリ評論家・間羊一郎／SF作家・式貴士／SM小説作家・蘭光生ほかの名を持ち、占星術師（実際にプロだったという）としてウラヌス星風を名乗って第一期『奇想天外』誌（一九七四年一月に創刊、十月号で休刊）に「神秘への扉　タローカード入門」（ただし連載は七月号から十月号までの四回のみ）という連載記事を書いていた人との間に起ったものである。

　実はこの論争に関しては既に翻訳家の金原瑞人氏がエッセイ集『翻訳のさじかげん』（ポプラ社）に記しておられるので、詳しくはそちらをご覧いただきたいところだが、簡単に言えば、近年、「タロット」と紹介されているカードは英語圏では「タロー」もしくは「タロウ」と発音するものであり、「タロット」という発音は日本での特殊な読みである、と調査事実に基づいて主張したのがウラヌス氏、続けてウラヌス氏が、「タロット」の表記を普及させた一人が種村季弘である、と言いだすと種村氏が同誌に反論を載せ、以後、ウラヌス氏の激しい罵りと種村氏の揶揄が続いた、というものだ。

その様相は昨今、ネット上のブログのコメントおよびツイッターで行われ延々と人格攻撃に至る「あれ」に酷似していて、違いはその応答の間が今と異なって一か月あるというだけである。するとお二人は、現在なら数分から数時間で燃焼してしまうパトスを互いに数か月も維持し続けておられたことになるので、さすがこの世代は粘りが違う。ちなみにお二人とも一九三三年生まれである。

論争自体は「大人げない」に尽きる。御両人とも、その後はあまり思い出したくない部類の記憶となったのではなかろうか。

だが、そのように「喧嘩両成敗」的な感想をいだくことは間違いだと私は思う。

確かに途中からどうしようもない応酬になっていったのではあるが、少なくとも事実をつきあわせ、資料を漁ってこつこつと確認作業をした結果として、日本で最も使用頻度の高い外国語である英語では（フランス語由来ゆえの）「タロー」もしくは「タロウ」が正しいと認め、今ならまだ正確な発音を普及させうるから「タロウ・カード」、「タローカード」と言おう、と呼びかけたウラヌス氏はその状況判断と姿勢において正しいのであり、それに対して種村氏も「Tarot をタローと読むのも間違いではない」「タロットの日本における通称がタローであろうがなかろうが一向に構いはしない」と応じている。ただし、それとともに種村氏は「ドイツ語だと Tarock

と書かれることは多いが、それだけでなく、辞書には載っていないけれどもTarotという表記でタロットと読むことはあり、これが間違いとはならない」という事実をも伝えており、ここまでであれば、両者それなりに正しいとして終わっていたはずである。その上で、「カード」(「カルテ」ではなく)等、外来の名称に英語を用いることの多い日本であれば、ウラヌス氏の意見が妥当、とそれで済んだだろうし、今も私はそう思う。

が、いきなり犯人と名指しされたような不快を反映してのことだろう、種村氏の反論には「辞書的知識しかない人は困ったものだ」的な揶揄(「三尺梯子は三尺しか届かない」などの言い方)が加えられていて、種村氏のこの見下し混じりの書き方がウラヌス氏をよほど憤慨させたらしく、以後、ウラヌス氏はタローカードと関係の薄い事柄にまでも言及しつつ種村氏の仕事への否定と人格攻撃を始めてしまう。以降、事実がどうということに関わりなく、その罵倒のひどさは弁明できないもののように思う。

当時、連載を読んでいた私の印象ではウラヌス氏の方がずっと若く、それゆえ種村氏は「この若造が」といった態度で接していたのかと思っていたのだが、そうでないのを後で知った。先に記したように両者は同年齢である。おそらくは澁澤龍彥に並ぶ(私から見れば)名声ある「異端文化人」の種村季弘の名を重んじるあまり、(加え、後半のウラヌス氏の口調の青さの印象もあって、)大家が吹けば飛ぶような安占い師を見下している、といった戯画的印象が促されたのだろう。また、後々、この「論争」については「どこの馬の骨ともつかない占い師が種村先生に噛みついた」というようなニュアンスで語られがちだったのも、後の大タネムラと、実は業界では知られる大才人ながらウラヌス星風としてはあまり著名でなかった人への、受け取り手側の不当な待遇の差のようにも思える。

ただし受け取り手側の差とはいっても、これは『奇想天外』誌（第一期はＳＦとミステリの翻訳が中心で『異色作家短編集』的な作品が多かった）というあまり大部数でない雑誌を知っていた人の間だけでの、一般よりさらに狭いマニア内認識でしかなく、当時、種村季弘さえも、著名人というには遠かっただろう。

だが、この小さいサークル内ルールが、種村氏の名声の拡大とともにサークル外にも拡大し、というのは、その後「タロット・カード」を普及させた辛島宜夫氏らが種村氏を師もしくは先駆と仰いでいるというような事情（石川誠壱氏のご教示による）があって、すると、こと改めて「英米仏ではタローが一般的なんだからこっちを採用しようよ」と言い出すような者には先生の手前、「空気読め」という無言の否定が向けられた様子も想像される。

むろん、日本でなら「タロット」とローマ字読みをするのが自然でメジャー向きだからというような配慮が最も大きかったことだろうが、どうもこの占いが広く普及していった時期、一部にもせよ、種村氏のご機嫌をうかがった結果としてことさら「タロー」を禁じてきた部分があったのではなかろうか。あるいはウラヌス氏とのあの論争がなかったならば種村氏周辺もそこまでかたくなにはならず、「ドイツほかではまあそれとして英語の優勢な場ではタローで結構」くらいは認めることもありえたかもしれない。

とはいえ、どうでもよいことなのである。フランスおよび英米ではタロー、ドイツでは主にタロック、イタリアではタロッキ、そして日本ではタロット、とそれでよいではないか。

ヨハネがヨカナーンやジョン、ジャン、ファン、ジョアン、ヨハンネス、イヴァン、ヤン、ヤーノシュ、ジョヴァンニ、となるように、各地方の文字読みに関するローカルルールに従った結果、当地特有の読み方が生じたのだ、と考えれば何の不都合もない。

にもかかわらず、なんとなく、私は今も「タローカード」と書き、呼ぶ。それは、一度真実らしいものを見た「気になった」者特有の小さなこだわりである。しかもその真実が当時勢力の強かった側によって枉げられた、というニュアンスが窺えるため、である。

「大ロマンの復活」香山滋の項で記したとおり、種村季弘氏の著作にはさんざんお世話にもなり、また膝を打つ優れたものが多数あることはもとより知っている。いかなることがあれ、私からの尊敬の念は変わらないし、「タロット」に関する種村氏の立場は前述のとおりなので非難されるべきとも思わない。また、『奇想天外』誌上でのウラヌス氏による誹謗の仕方はあまりにも品が悪い。とはいえ、この件だけは、ウラヌス星風氏を是とする、と決めて今に至る。

【四】

アンソロジーを編んでみて

『リテラリーゴシック・イン・ジャパン』成立のこと

二〇一四年一月、ちくま文庫として刊行の『リテラリーゴシック・イン・ジャパン　文学的ゴシック作品選』というアンソロジーの編を務めた。これには二〇一三年後半いっぱいを費やしたことになる。おかげさまで刊行二週間後に早くも増刷した。

「リテラリーゴシック」というのは九年ほど前、『早稲田文学』が、当時諸々の事情からなかなか刊行できないでいた本誌とは別に「フリーペーパー版」というのを定期的に作成し無料配布し始めたとき、依頼されて連載した記事の題名で、そのおりは「リテラリー・ゴシック」と「・」を入れていた。全部で九回分くらいだっただろうか。その後、内容の大半は稿を改めて『ゴシックスピリット』に収録された。

★高原英理・編『リテラリーゴシック・イン・ジャパン：文学的ゴシック作品選』（ちくま文庫）

『早稲田文学FP版』連載時は単に「ゴシックなイメージの文学作品」というほどの意図だったが、今回はより積極的な意味合いとしてこの題名を用いた。

「リテラリーゴシック」（「文学的ゴシック」も同義。序文と解説とでは敢えて混用している）、として「ゴシック小説」としないのは、ゴシックロマンスを起源とする小説群とはひとまず切れた、現代のゴスな感受性の文学的展開という意味からだ。それと小説に限定せず、詩、短歌、俳句と随筆も収録したためである。

ゴシックという、今では文学に限らない文化としての広がりを持つ、ある志向が、たまたま現在の文学の中に見出されているとき、「リテラリーゴシック」（「文学的ゴシック」）と呼ぼう、というのである。よって『リテラリーゴシック・イン・ジャパン』収録作品は、ゴシックロマンスあるいはゴシックノヴェルであろうとして書かれた作品であることを必要としない（ただし作者が敢えてそれらをめざすならそれも排除しない）。当作品選はこれまで読んだ近代以後の日本文学の中から、私にとって「ゴシックな何か」を感じる作品を探した、という意味のアンソロジーなのだ。そして、アンドレ・ブルトンの『黒いユーモア選集』がそうであったように、この探り方選び方から、ひとつの新たなジャンルかそれに代わる動きのようなものを創れたらというのが私の願うところである。

こうしたことを、序文である「リテラリーゴシック宣言」にもう少々詳しく記した。あとは編集部によって発案され私が承認した、裏表紙に記載の内容紹介と帯文とを引用してもう一歩先のご理解を願うこととしよう。

「世界の本質的な残酷さ。いやおうなく人間の暗黒面へと向かう言葉。鮮烈なレトリックによって描かれる不穏な名作の数々を『文学的ゴシック』の名のもとに集める。白秋、鏡花から乱歩、三島、澁澤を経て現在第一線で活躍する作家までを招き、新たなジャンルの創成を宣言する一冊。これは古めかしいゴシックロマンスでも類型的なゴシックノヴェルでもない、『現代文学の形をとったＧＯＴＨ』である。」（内容紹介）
「残酷で、崇高。野蛮で、哀切。――今、見出される不穏の文学」（帯文）

こういう文面にはとかくあれこれ突っ込みたがる方もいらっしゃると思うが、これらはまず何より売り文句であると受け取っていただけるとありがたい。

本当のことを言えば、「ゴシックロマンス」は確かに古めかしいが、「ゴシックノヴェル」は必ずしも類型的ではない（ロマンス＝物語、ノヴェル＝近代的小説）。むしろ多種多様である。この「リテラリーゴシック」だって収録小説に限るなら「ゴシックノヴェル」の範疇としてもよいものはある。だが、ともかく、当作品選に関しては、既にある権威からあれこれと先行するルールを押し付けられたくなかった。誰かに倣うのでも誰かから命じられるのでもなく、新しい現代文学を創るのだ。過去は素材・影響元として大切だが、過去を基準として測られたくはない、ということである。

またひとつに、「ゴシック小説」と言うとたいてい怪奇・ホラー・サスペンス、というエンターテインメント性優先的意味合いが先に来る。すると、私が最も優れたリテラリーゴシックのひとつと考えるジュリアン・グラックの『アルゴールの城にて』のような純然たるアートとしての文学作品が、真っ先には考えられにくい。

結果としてエンターテインメントであることは厭わない、いや歓迎するが、俗に考えられるようなエンターテインメント特有のルール、たとえば、人気が出そうな物語にするため作家自身には必然性のない工夫を強いるというような（高級とされる、あるいは既に人気のある作家には無縁の話だが、そこまでは行っていない創作者にとっては日常的に発生しうる）枷を想定させたくない。

飽くまでもアートであり文学である。それが読者にとって面白おかしいものとなるなら望ましいことだが、作者の自由は常に確保される、そういう場があってほしい、というのが、わざわざ新たなジャンルなどと大げさに告げてみせた意図だった。すなわち当作品選は、私自身が一小説家として求めるアルカディアのささやかな縮図である。

と、題名に関する言い訳はひとまずこれだけとして、まだご存知でない方のために、以下、収録作家と収録作品、それと章題を目次に沿って掲げてみよう。『リテラリーゴシック・イン・ジャパン』収録作品は以下。

第一章「黎明」

北原白秋「夜」、泉鏡花「絵本の春」、宮沢賢治「毒もみのすきな署長さん」＝以上三作品。

時代的に、まだゴシックな文学という意識はないが、現在のゴスの感じ方の源流にあるような作品を置いて、始まりのゴシックというような意味合いで（「夕暮れ」でなく敢えて）「黎明」とした。

第二章「戦前ミステリの達成」

江戸川乱歩「残虐への郷愁」、横溝正史「かいやぐら物語」、小栗虫太郎「失楽園殺人事件」＝以上三作品。

戦前変格探偵小説の世界こそが現代日本のゴシックな世界のもとを作り上げた、という意味で「戦前ミステリの達成」とした。ただ、今回はできるだけ現代を主として、そこから振り返る形での文学的ゴシックの回想という意味なので、ここは重要な章ではあるが、あまり多くを収録できなかった。


第三章「『血と薔薇』の時代」

三島由紀夫「月澹荘綺譚」、倉橋由美子「醜魔たち」、塚本邦雄「僧帽筋」・三十三首、高橋睦郎「第九の欠落を含む十の詩篇」、吉岡実「僧侶」、中井英夫「薔薇の縛め」、澁澤龍彦「幼児殺戮者」＝以上八作品。

戦前の変格探偵小説の世界は今言うところのサブカルの元祖のひとつでもあるが、それに対して、戦後、一九六〇年代末に澁澤龍彦編集（三号まで）として発行された「エロティシズムと残酷の総合研究誌」、『血と薔薇』は当時飽くまでも「アヴァンギャルド・アート」として受容された。

そこにはサドを再評価したブルトンらのシュルレアリスムが、前衛かつアナーキー、そして性的なそれを含めセンセーショナリズムを煽る形の「芸術」と認められ、そうしたものとして日本でも言及されたという経緯からの位置づけがある。何より、三島由紀夫という権威ある純文学作家が加わっていたことで、今ならこれまたサブカルとされるだろう表現も、いくぶんかは高級な芸術の意味合いを含んだ。

とはいえ、その「なんだかスゴイ」の味わいは当時のアングラアートに通じていたし、同時期活動した寺山修司の舞台とともに、どこか邪道のアートという受け取られ方もされただろう。その感じを当時の言い方で言えば「異端」なのだった。戦前変格探偵小説を祖父母とするならこれが現在日本のゴス直接の父母である。この章は六〇年代末、澁澤龍彦の呼びかけに応じ『血と薔薇』に参加した作家たちを中心に構成した。中井英夫だけは『虚無への供物』以後の創作活動が一九七〇年代からだが、エコール・ド・三島＋澁澤の一員としてここに加えた。

第四章「幻想文学の領土から」

須永朝彦「就眠儀式」、金井美恵子「兎」、葛原妙子三十三首、高柳《たかやなぎ》重信《じゅうしん》十一句、吉田知子「大広間」、竹内健「紫色の丘」、赤江瀑「花曝《はなさ》れ首《こうべ》」、藤原月彦三十三句、山尾悠子「傳説」、古井由吉「眉雨」、皆川博子「春の滅び」、久世光彦「人攫いの午後」＝以上十二作品。

『血と薔薇』はひとつの頂点を見せたが、リテラリーゴシック、と今名づけたい作品はその参加者だけがなしたのではない。現在「幻想文学」と目される作品の多くにリテラリーゴシックはひそむ。一九六〇年代から九〇年代くらいに発表された、それぞれに全く異なる名作群を、今、新たな視線から読んでみようということだ。ここには現リテラリーゴシック作者たちの偉大な先輩がいる。

第五章「文学的ゴシックの現在」

乙一「暗黒系 goth」、伊藤計劃「セカイ、蛮族、ぼく。」、桜庭一樹「ジャングリン・パパの愛撫の手」、京極夏彦「逃げよう」、小川洋子「老婆J」、大槻ケンヂ「ステーシー異聞 再殺部隊隊長の回想」、倉阪鬼一郎「老年」、金原ひとみ「ミンク」、木下古栗「デーモン日暮」、藤野可織「今日の心霊」、中里友香「人魚の肉」、川口晴美「壁」、高原英理「グレー・グレー」＝以上十三作品。

ほぼ同時代の作品であるし、作者についてあまり多く説明する必要もないと思う。四章までと同じく、ひとつひとつが独自の可能性を開いている。その意味の詳細は本文解説をご覧いただきたい。

巻頭に序文として、高原英理「リテラリーゴシック宣言」、末尾に「解説」を添えた。内容については実際に読んでいただくこととして、さてこういうものなのである。既に名作との評価を得ている作品もいくつかはあるが、しかし、多くはまだまだその真価について深く語られていないと私は感じる。制作後知ったことだが、意外にも現在絶版で、新刊としては読めない作品、読めないことはないが手軽には手に入りづらい作品がかなりある。こんなによいのに、なぜなのか、それをも問いたい。そしてまた名作とされる作品に対しても、従来とは違うリテラリーゴシックという新たな読み所がある、とも言いたい。

ところで、ここまで言いつのっておきながら、ではあるが、実はこの企画は構想何年、というようなものではない。二〇一三年初め、ある方にたまたまご紹介いただいた筑摩書房の編集の方から、「ゴシック小説のアンソロジーなんてどうでしょう」と言われて、「それはなかなか難しいです」と、一旦は答えたものの、その後帰宅してから、不意に湧いてきた案なのである。

直ちにメールで、「こんなの思いつきましたがどうでしょう」と問い合わせると、「いいですね」との答えで、そのあとあまり間をおかず「企画通りました」という連絡が来た。その企画提出のさいに、私から伝えたプランがあり、それについては次節で記すこととする。

ゴシックハートに忠実であれ、ということ

引き続き『リテラリーゴシック・イン・ジャパン　文学的ゴシック作品選』（ちくま文庫）成立に至るまでの事情を記す。

企画提出のさいに、私から伝えたプランというのが以下である。

一　翻訳のアンソロジーにしない。書誌的な貴重さなどは無視する。日本作家限定とする。

二　歴史的、とか、名作とされている、とか、あるいは啓蒙として、などのような他律的・建前的・教育的な基準一切を捨て、ただ選者が真に好きな作品だけを収録する。

三　ゴスを好む読者たちが失望しない作品だけを収録する。

そしてこれについては、私から見ればなかなかよい企画なのに、結果的に失敗であったと判断される、過去のある連続的刊行物についての反省が反映している。今回はそのいささか残念な記憶について語ろうと思う。

この刊行物とは『ゴシック名訳集成』という全三冊のアンソロジーのことだ。これは学習研究社（当時通称学研、現在はその一部が学研パブリッシングとなっている）が続ける「学研M文庫」

の、レーベル内レーベルとして東雅夫（元『幻想文学』誌編集長、現『幽』誌編集顧問）が創設した「伝奇ノ匣」シリーズの、そのまた中に含まれるシリーズ内シリーズだった。

この頃（二〇〇一年から〇五年）、東氏と学研の編集者は、雑紙『ムー』増刊の形で『伝奇M』という雑誌を創刊し、国枝史郎の諸作品を典型とする怪奇で空想的な時代小説、岡本綺堂の『青蛙堂鬼談』を範とするような怪談、あるいは半村良の『妖星伝』『産霊山秘録』のような歴史の裏面を描くSF、そうした傾向に近い怪奇小説・冒険小説・探偵小説・ホラーノヴェル等々、おおむね大衆文学的で過去をもとに空想を広げるような作品群を改めて「伝奇」の名のもとに復刊し広めようとしていた。そこには、かつての桃源社の「大ロマンの復活」シリーズの記憶がプロデューサーたちの念頭にあったであろうと私は推測する。だが、復刊だけにとどまらず、現在を舞台とする場合も含む、それぞれの解釈による新たな「伝奇小説」の新人をも求め、そのための「ムー伝奇大賞」まで創設された（第五回まで継続後、終了）。

この「M」というのは「モンストルム」の頭文字で、ラテン語による「魔物」に発しているとの由である。途方もない驚くべき魔物的なフィクション、といった含みからの命名であろうと思う。

そこには「国枝史郎、岡本綺堂、あるいは半村良の作品のような」、としてある程度了解されるいわば核となる解釈から、ラヴクラフトやキングのホラー小説も、といったような拡大解釈にいたるまで、言ってみれば編集側作家側の恣意的な判断を広く許す形の「新しい伝奇」が目指されていたとおぼしい。

この「伝奇」の「名著復刻」部門として東雅夫によって企画編集されたのが「伝奇ノ匣」で、『国枝史郎　ベストセレクション』から始まり、『岡本綺堂　妖術伝奇集』『芥川龍之介　妖怪文学館』『村山槐多《むらやまかいた》　耽美怪奇全集』『夢野久作　ドグラマグラ幻戯』『田中貢太郎　日本怪談事典』と続けて刊行された。

文庫としてはかなり大部で大方は五百ページを越え、価格も千何百円というものだが、中にはよく売れた巻もあったと聞く。ここまでなら本家には及ばないにしても「大ロマンの復活」的成功と言ってよかっただろう。

すると東氏は、さらなる拡大解釈から、ゴシックロマンスの古い翻訳を集め、それぞれこの厚さで三冊分として刊行することを企画した。これが『ゴシック名訳集成』で、その一巻目ではゴシックロマンスをことさら「西洋伝奇物語」と呼んで、「伝奇」ものの中に含めることを提案している。ゴシックロマンスを「西洋伝奇」とするのはどうなのか、言い出せばきりのないところだが、そんなことは制作側も、またこれを貴重として受け取る側も問題ではない。二〇〇〇年以前の「幻想文学」（と、後から特定される作品傾向）の書き手あるいは制作者であれば、あれこれと加入可能なジャンルに軒を借りてはそのジャンルの拡大解釈としてぎりぎり許されるかどうかの境界的な作品を発表する、という、他に仕方なしの欺瞞的な方法・生き延び方という発想は当然のものだった。

東氏としては、「伝奇」がそこそこ評判を得たので、この機に乗じて、以前から公にしておきたかったゴシックロマンスの古く珍しい翻訳を「伝奇」の拡大解釈の形で復刻しようと考えたわけだろう（ただしそこに拡大解釈、という素振りはない。むしろ正統な流れであることを強調し、確か第一巻解説には、ゴシックロマンスの翻訳が日本の「伝奇」文学に与えた影響の大きさ、というような、いわば誘導的釈明もいくらかは用意されていた。だが、私としては、そうであろうがなかろうがどちらでもよいことだ。「伝奇」と銘打てば刊行が許される、というのならゴシックロマンスを「西洋伝奇」としておけばよいし、「ホラー」が流行っていた頃なら「ゴシックロマンスこそ元祖ホラー」と告げて売ればよい、等々）。

それは私から見てもありがたい、貴重な試みであった。ともかく日本でのゴシックロマンスの受容史の一端が知れるということと、入手困難だった貴重なコレクションが容易になるということ、また、おそらくはこれまで知らなかったゴシックロマンスの隠れた名作（真に名作かどうかはまあともかく）が古色蒼然とした修辞のまま読めるだろうということに期待ができた。こういうものの刊行は出版側としては相当にリスキーなことだっただろうけれども、無責任に受け取る側としてはともかく一度出してもらえさえすればそれでよいのだ。

第一巻目『ゴシック名訳集成　西洋伝奇物語』は二〇〇四年六月に刊行された。そこにはウォルポールの「オトラント城綺譚」擬古文訳（当作の初めての現代語全訳者である平井呈一が、現代語訳とは別に用意していたもの）やポオの日夏耿之介訳「大鴉」「アッシャア屋形崩るるの記」（これは冒頭一部のみ）、等々といった、古典的なゴシックロマンスの文語訳が収録されているが、中で黒岩涙香訳（これも擬古文）エドモンド・ドウニイ作「怪《あやし》の物」が、私としては初めて知った怪奇小説で貴重だった。内容は蛇人による猟奇的な犯罪とその悲劇、という、ちょっとコナン・

ドイルの「這う人」を思わせるような荒唐無稽な話で、その文語体を厭わずに読めるならなかなか面白い。「涙香の名調子」は乱歩の随筆で知って以来記憶に残っている賞賛の語だが、確かに文語であるとはいえ、日夏の訳とは全く違った講談的な娯楽小説の口調である。

考え方によってはその分類にやや無理のあったかもしれない「西洋伝奇」にしても、ここまでならよかった。あまり売れはしなかっただろうとは思うが、しかし、世にゴシックロマンスの古いのを読んでみたいと望む少数の読者たちに、これを買い支えずしてどうするか、と問うているような作品集なのである。それに「怪の物」は乱歩の怪奇小説の源流を見るようでなるほど偽りなく面白い。そして、一巻の袖に記された刊行予定ではこれの第三巻に吸血鬼に関する翻訳アンソロジーが予定されている。これまた期待できそうである。

ただ、第二巻が、予定では「東方幻想譚」となっていて、果たしてゴシックロマンスに「ヴァテック」以外の「東方幻想譚」があるのか、やや奇異にも思った。

そしてこの第二巻は二〇〇五年二月に『ゴシック名訳集成　暴夜《アラビア》幻想譚』と少し題を変えて刊行された。ベックフォードの「ヴァテック」矢野目源一訳を収めていたのは予想通りだったが、全六九六ページ中の四一七ページを占めているのがジョージ・メレディスの「シャグパットの毛《け》剃《ぞり》」という聞いたこともない小説だった。読んでみると、これはほぼアラビアンナイトを模した、一人の平凡な男がとあることから魔法にかかわり、艱難辛苦の末、栄光を得るという、まぎれもない東方幻想譚ではある。擬古文でもなく、比較的読みやすい。しかし、私はここで、これをゴシックロマンスとするのはあまりに離れすぎではないかと感じた。同じ東方綺譚として書かれた

「ヴァテック」はそこに悪への志向や残虐趣味のような黒い方向性があったからなんとかゴシックロマンスなのだが、こちらにはそういう傾向さえなく、ある男の成功までを語る全くのオリエンタル・ファンタジーなのだ。少なくとも私のゴスな心情には訴えてこない。「伝奇」の中にゴシックロマンスを忍び込ませるのは賛成だが、「ヴァテック」一つがあるからといってゴシックロマンスの中にのんびりぼんとしたダークでないファンタジーをこれほどの枚数を費やしてまで加えるのに私は内心、反対であった。

だがしかし、もともと貴重な文献を復刻してくれるという企画なのだから、中に自分の意に沿わない選択があったとしても、この企画自体に賛成であることは変わらない。また、むやみに否定的な意見を公にして（後で記すように当時私は僅かながらその発言が影響力を持つ場にいた）、次に予定されている吸血鬼アンソロジーの刊行に支障が生じては元も子もない。何か知らないが「幻想文学」関係者はひどく気難しいという印象を持っておられる方が多いようで、確かにそういう側面もあるように思うが、少なくとも私はここで、訳知り顔の思い込みからゴシックロマンスの原理主義的定義（実はそんなものはない）を主張して見せ、貴重な企画の足を引っ張る気は毛頭（「毛剃」だけに？）なかった。

二〇〇五年当時、私は『読売新聞』でおよそ月に一回、「評判記」という主によく売れている本の紹介と評を行うコーナーを受け持っていた。『ゴシック名訳集成』第一巻の頃はまだここの評者をやっていなかったから書けなかったが、この第二巻に関しては、できるだけの応援をしようと試みた次第である。何を取り上げるかはある程度自由であったとはいえ、こういうあからさまに売れなさそうな新刊に言及するのはルール違反なのだが、「現代のゴシックカルチャーの流行」という旗印のもとにどうにか許してもらい、敢えてこの『暴夜幻想譚』を受け持ちの回で最初に紹介することとした。以下にそのさいの記事から該当部分を再録する。

評判記　二　ゴシックという解放区　高原英理

一九八〇年代東京には「どこかで楽しいパーティが開かれている」という感触があったが、九〇年代以後「どこかで人が死んでいる」という感じになった。これを私はゴシックな感じ方と呼ぶ。現在はゴシックな時代である。文学としての「ゴシックロマンス」は十八世紀に始まり、死と暗黒、恐怖、驚異、迷宮などをテーマとする古い小説だが、今読むと意外に心に響く。

東雅夫編『ゴシック名訳集成　暴夜（アラビア）幻想譚』（学研M文庫）は、ゴシックロマンスの名翻訳を集めたシリーズの第二巻で、初期ゴシックロマンスの金字塔とされる東方幻想談『ヴァテック』を起点に、西洋で書かれたアラビアンナイト的世界もまたゴシックの展開の一つであるとする見地から編集されたもの。後の大半はジョージ・メレディス作・皆《み》川正禧《かわせいき》訳『シャグパットの毛剃』という一大奇談にあてられる。魔術を用いる美女に導かれ、敵の頭にある魔法の毛を見事剃り落として栄光を掴む理髪師の青年の物語。古い訳だが読み易く、魔術対戦の巧みな様相は『ハリー・ポッター』の先駆とも言える。

ただ、この内容なら「ゴシック」と呼ばなくても「オリエンタル・ファンタジー」でよいではないかという意見もあるだろう。だが、読めば無類に面白いとはいえ、今時こんなサエない題名の昔の訳本を「ファンタジー」として出版できるとは思えない。ならばゴスロリからマリリン・マンソンまで含む奇抜好みな流行文化の一端としてさしだそう、という編者の企みが私にはわかる。そこに無用な言いがかりをつけてゴシックの領土を貧しくすることを私はしたくない。

（以下略、二〇〇五年三月に記事として掲載）

と、分類上の異和をいくらかは指摘しながらも推したつもりだったが、今読むとそれほどの推薦にはなっていないようだ。また今だから正直に言うが「無類に面白い」は虚偽である。東氏の絶賛に嘘はない（後で知ったが氏は『アラビアンナイト』をこよなく愛するのだそうである）だろうけれども、私はさほどと思わなかった。しかし、当時は、次の吸血鬼アンソロジーの刊行を容易ならしめるために、小さいことには眼をつぶってともかくも礼賛したつもりなのである（ただ、せっかく暗黒の恐怖の、と始めておきながら、次に勧めるのが変な題名のオリエンタル・ファンタジーでは腰砕けの感は否めない）。

しかしながら、やや無理をしての応援も虚しく、この巻はほとんど売れず、そのため第三巻の刊行が一時、無期限延期となったと聞いた。第二巻の収録作が異色なのはかまわないし、それで失敗というだけならそれだけだが、このせいで最も期待していた三巻が出ないのは困る。もともとこういう事態を懸念しての応援だったのだが、結局は無駄に終わったと知って失望した（幸い、一時、続刊が絶望視された第三巻『吸血妖鬼譚』は三年後の二〇〇八年、どうにか刊行されたが、これ以後「伝奇ノ匣」は刊行されていない。それはともあれ第三巻は期待どおりの貴重なアンソロジーである）。むろん、これをもって編集の東雅夫氏を非難する気はない。氏は自ら望むものを世に出そうとしただけのことであり、一方、頼まれたわけでもない私が横から勝手に応援し、勝手に残念がっただけだからである。

だが、この記憶が、後の『リテラリーゴシック・イン・ジャパン』を成功に導く選択基準のもととなったのだから、今考えるなら悪いことでもなかった。

なお、後で聞いたことだが、国書刊行会が一九七〇年代末から八〇年代にかけて刊行していた「ゴシック叢書」という翻訳のシリーズもその第二期は大変な惨敗であったという。『フランケンシュタイン』『吸血鬼』『マンク』等、いくつかは今も名作とされているが、ある程度マニアックな読者にもゴシックロマンスが全面的に歓迎されるわけではなかったらしい。そのことは私自身、ゴシックな世界を好みはするが、必ずしもゴシックロマンスのすべてを面白いと感じるわけではない、という意味で実感していた。

それで、冒頭にあげたプラン一・二の項は、この『ゴシック名訳集成』ほかの惨憺たる結果への反省による。ただし、翻訳だから駄目という意味では本来はない。自分自身が心から面白いと思うなら翻訳であるか否かにかかわらず公刊のための工夫もすべきである。しかし、文献的に貴重だから、という理由が大きいウェイトを占める古い翻訳作品の提示は今回の自分がやるべき仕事でない。その上で、これまでのやや苦い経験の後に改めて打って出るなら一度全く趣を変えて、という意向である。次いで、初心者に抵抗の大きい擬古文は（定型詩の場合を除き）避けたい。だが何より『暴夜幻想譚』で教えられたのは、「文学のゴシック」を世に出したいなら自らの「ゴシックハート」に忠実であれ、ということだった。（作品自体の文学的価値は別として）ダークな想像力の感じられない作品をゴシックと呼んで提出しても、（『名訳集成』一巻・三巻なら無理をしてでも買うであろう）ゴスな読者は反応しない。

いや、それより私自身の問題として、その範疇に入れられないと感じるものまでゴシックとして歓迎するようなごまかしはもう二度とすまい、つまりは私自身の指針であるところの「ゴスな心情」を裏切るまい、と決めたことが重要であった。それは死守すべき境界の発見である。しかもそれを逆に言うと、ゴスな心情に沿うのなら、全く見かけはゴシック小説的でない作品でもよい、ということになる。そこには、現在日本の「ゴス」たちが必ずしもゴシックロマンスという原典を重んじない、現在日本でゴシックと言われるイメージがもはや正調ゴシックロマンスだけに規定されていない、という事情が反映している。

こうして『リテラリーゴシック・イン・ジャパン』の作品選択の方向性が決まった。

そこにまた自分としての別の意思もあったが、それは次節で記すことにしよう。

作家が選ぶアンソロジーについて

『リテラリーゴシック・イン・ジャパン』の解説末尾でもその題名を記したが、私が初めてアンソロジーというものの意義を教えられ、かつ一番印象深かったのが澁澤龍彥編の『暗黒のメルヘン』(一九七一、立風書房、後に河出文庫に収録されるが現在は絶版)で、しかも「編集後記」冒頭、「好みのままに花束のように」編んだ、とあり、なにか「これがオレの世界だ」的に発生したアンソロジー、といったように私には受け取られた。そのこともあって、ここで知った作家、ここにいた作家たちは以後、自分にとって「特別」という位置づけになって今に至る。

収録作家はというと、泉鏡花・坂口安吾・石川淳・江戸川乱歩・夢野久作・小栗虫太郎・大坪砂男・日影丈吉・埴谷雄高《はにやゆたか》・島尾敏雄・安部公房・三島由紀夫・椿實・澁澤龍彥・倉橋由美子・山本修雄の十六名で、その内、『リテラリーゴシック・イン・ジャパン』とは六人が重なっている。

次に思い出すのは筒井康隆の『異形の白昼』で(これも立風書房から、一九六九、後にちくま文庫に収録、在庫あり)、こちらは「現代恐怖小説集」という枠組みだった。他に半村良の『幻想小説名作選』とこれまた筒井康隆の『実験小説名作選』、どちらも集英社文庫の「名作選」シリーズとして一九七〇年代末〜八〇年代初めに連続して出ていたものが印象深かった。

海外の作品なら、はや古典と言うべき創元推理文庫の『怪奇小説傑作集』全五巻が何よりで、その後、白水uブックスと河出文庫に国別のシリーズ（uブックスは各国「幻想小説傑作集」、河出は各国「怪談集」という題名だった）があった。八〇年代以降に編まれた日本作家作品選に関しては、同じuブックスと集英社文庫とにどちらも阿刀田高編のなかなかいいのがあったのを覚えているくらいで、それからとなると、いきなり東雅夫氏や西崎憲氏の選による、ちくま文庫ほかの現在にきて、途中があまり思い出せず、一九九〇～二〇一〇年間あたりはどうも記憶が薄い……と思っていたら、一九九〇年代末に国書刊行会の『書物の王国』シリーズ全二十巻があり、この第六巻「鉱物」は私の選であった。ということで自分の記憶はあまりあてにならないのだが、ただ、『書物の王国』は先にはっきりとしたテーマを指定されて編んだアンソロジーなので、その意味で「オレの好きな世界はこれだ」的なアンソロジーが『暗黒のメルヘン』に始まる、というのは変わらない。

最近の東雅夫氏のちくま文庫での『世界幻想文学大全』『日本幻想文学大全』（ともに全三巻ずつ）という目覚しい仕事は、アンソロジーには違いないが、どちらかと言えば、「これが怪奇幻想文学の決定的名作である」と示すテキストの意味合いが強いので、なくてはならない歴史的な業績であるものの、そういうものをそこそこ読んできた私にとっては「こんなのあったのか」的驚きと「あんまり知られていないけど、そうそうこれ、これだよね」的喜びは、やや少ない。そういう自分としてはどうしても元祖の『暗黒のメルヘン』に心が集中してしまうわけだが、それともうひとつ、やはり大きな意味合いの差を感じるのは、作家の選んだアンソロジーか否か、ということである。

『暗黒のメルヘン』には編者澁澤龍彥の「マドンナの真珠」が収録されている。筒井康隆選の『異形の白昼』には筒井の「母子像」、半村良選の『幻想小説名作選』にも半村の「ボール箱」が、阿刀田高選の『日本幻想小説傑作集』にも阿刀田の「あやかしの樹」が収録されていた。

これはどういうことかと言えば、作家というのは、いかに他者の作品を愛するとしても、それで自作を全く顧みないということにはならない、必ずそれらに並ぶ作品として自作があると考えるものである、ということだ。

『暗黒のメルヘン』編の時期、澁澤は「小説家」という肩書きではなかったが、既に一冊の小説集を持っていたし、晩年には小説の仕事のほうが主となる。

私が思うに、小説家が自主的な形での編者をすれば自作を入れないわけがなくて、ここで、「いえ、わたしの作品など」と身を引く人はやはり小説家ではなく、専門解説者なのだ。

その意味で、解説者でありアンソロジスト、そして文学史家的な批評家を自任する東雅夫氏は、もとより小説家ではないが、実質好き嫌いで選んでいたとしても「これがオレの世界」的アンソロジーとなることをできるだけ避けている様子なのはその資質と立場認識によるのだろう。そこには、たとえば「名作集」に自作を入り込ませてしまうといった作家的主観性を排除し、できるだけ公正な、真の「目利き」をめざす求道的な方向性がうかがえる。

ここが小説家たちのアンソロジーとは違う。彼らのアンソロジーは、たとえけっこうバランスを考えた編集者的な選であっても、常に自分の世界の延長の意味合いを持つし、その中心には必ず自作がある。そして作家とはこの自分だけの手探りでこそ進む者であり、できる限り俯瞰を避けようとする者である。

私は今回の『リテラリーゴシック・イン・ジャパン』に関して、「真に好きな作品だけを選んだ」と刊行後、機会あるたびに語っていたが、しばらくして、もう少々正確に言おうと思うようになった。

『リテラリーゴシック・イン・ジャパン』収録作は、正しくは、私が好きな作品ではなく、自分が書きたい作品（＝読みたい作品）であり自分に必要な作品である。飽くまでも自分の作品傾向の延長がこれであるということだ。

このアンソロジーによって今回、私は、自意識の痕跡を消し去ることで目利きに徹する批評家をめざすか、どこまでも主観に頼る小説家であり続けるか、を問われてもいたわけで、そこで自分は最終的に小説家である、それ以外にはない、と答えたことになる。こうして「馬鹿だなあ・格好悪いなあ」と言われるのと引き換えに、臆面もなく「この自作はいいぞ」と言える自由を得たのである。

そしてこの臆面のなさというところが、今回のアンソロジーのもうひとつのテーマでもある。既に一九八〇年代くらいから、耽美とか大ロマンとか美意識とか世界の敵とか、そういう言い方が恥ずかしくてならないという人は増えていた。さらに九〇年代末以後、「中二病」という言い方が、それを言い始めたタレント伊集院光の意図（飽くまでも過去の自分の痛々しく無様な行いを自嘲するための名づけである）を越えて広く他者への揶揄・嘲笑の語として使われ始め、ゼロ年代後半あたりでは、卓越性や崇高というような発想はいずれも「自意識のこじれ」の結果としてただ恥ずべきだけのものと言われることとなった、ように私には思われる。またその頃あたりからだろうか、ことさらに普通らしく、背伸びもせず、「特別」を求めず、怨恨を持たず、なるべく無難に目立たず自足する、という在り方が最もクールなのだという、そんな気分が支配し始めたようにも思う。

特に私の周囲には歌人が多いせいで、作者自身の「特別でなさ」を示す歌風が一時、画期的なものとされ、それ以前八〇～九〇年代初頭の「ちょっと洒落た歌」が批判されているのを目のあたりにすることが何度かあった。彼らによれば「格好よくあろうとする作為は格好悪い」のだ。何の卓越性もない、しばしば格好悪い自分というものを素直に、不満そうにでなく当たり前らしく認めることが彼らにとって最終的に格好いいのだ。ただそれでもやはり最後には格好よさを望んでいるのは同じでないかとは思うのだが。

そうした意識の標準化は全域的なものでもなく、やはり私の限定された居場所からの主観的な印象ではあるだろう。しかしその上で思うのだが、これらは打ち続く不景気の結果とも言えるし、乗り合わせた船を降りる自由が乏しくなったために、かつてのような自己実現より他者との共存の仕方が優先され始めたからとも考えられる。またそれは賢明なことで、思えば八〇年代を挟む前後十年ばかりの「これではない、本当の自分探し」の流行が日本の歴史の中では異常であったのだ、とも言える。

とはいえ、どの時代どの場所にいたとしても、時に人は自分なりによいと感じるものに惹かれてしまうし、どんなに恥を知っても、意識ある限り、陶酔への願望と憧れとを全く忘れたままいられる人はいまい（ならば意識そのものが不要である、という伊藤計劃の『ハーモニー』の結論もそこからくる）。憧れはどんな形でも発生しうる。あんなに自分の格好悪さを平気でさばさばと認めていられる人に憧れる、ということだってあるのだ。

といったところでなんとなく思うのは、結局、意識ある人は自分と異なる何かへの憧れを捨てることはできない。すると、その傾向がどういう形であれ、自分として何か「よいもの」に触れようとして、あるいは触れかけてできなかった経験の記憶、あるいはそれを得させないでいるものへの抵抗として、また逆にそうした経験への拒否として、表現は始まる。自ら創作はせず、その「よいもの」を文学として収集・分類することに心が向けば専業的アンソロジスト・解説者あるいは学者となるし、不可能と知りつつも、泥にまみれ、手を伸ばそうとし続ければ表現者となる、とまあ今はこんな判断でいる。

さてそこで二〇一〇年代の話になるが、憧れの形、格好よさの形というのもやはり流行で、しかもある程度循環するものなのかも知れない。およそ七〇年代から八〇年代始め頃にかけては、まだ「中二病」という語もなく、たとえば倉橋由美子の『聖少女』や三島由紀夫の『春の雪』、あるいは稲垣足穂の『ヰタ・マキニカリス』に「ああ」とばかり陶酔し、その世界に憧れ、返す視線でこの日常のイケてなさを嫌悪する、という、後に言われる中二病的意識・態度・姿勢が易々と可能であった。まだ誰もそれを嘲笑する言葉を持っていなかったからである。むろん「変わり者」等の言い方はあったが、当人を恥じ入らせるほどの強度はなく、むしろ、彼ら言うところの「普通人」たちが顔をしかめるのを彼らは誇りにしたことだろう。

そういう自意識がいかに矛盾していて脆弱で愚かしいかがここ二十年ほどの間に着々と証明されてきたわけだが、それもしばらく続くとさすがに、あたりまえだけが素晴らしい、とは言えなくなったのではないだろうか。そしてそろそろまた、一部ではあるが、そして「中二病者」としての自嘲を組み込みながらではあるが、たとえば「ゴス」とされるような非日常的な想像力が望まれているのではないかと思う。

だがここでいい気になってしたり顔に「時代を語る」などというのは十中八九、後になって悔いになるからやりたくない。そうではなく、ただ私としては、『リテラリーゴシック・イン・ジャパン』というアンソロジーが発売直後に増刷されたという報告を得て、若干誇らしく、ここぞと、そろそろまた残酷耽美可憐の世界やんない？　と皆を誘ってみようと考えたわけである。

昨二〇一四年二月二十八日、『リテラリーゴシック』の表紙にその写真を使わせていただいた人形作家中川多理さんと、また『夜想』の今野裕一さんと、パラボリカ・ビスというスペースで少しお話しする催しに出ることがあった。そこで語ったのが以下のようなことだ。

ここ二十年くらい、たとえば「中二病」等の語に代表されるような自意識過剰、嗤われることへの警戒などのために、崇高、極端なもの、異様なもの、耽美や陶酔の肯定、などへの志向が、相当抑圧され、マイナー過ぎる形でしか存続していなかったのではないか。

つまり、崇高や非日常、特別を望み憧れる、そんな、確かにいくらか子供っぽい選別への志向を、ことさら嘲笑し否定する人々からの抑圧が、こういう、本来、人気があってしかるべき方向性を覆い隠してきたとしたら。

その傾向を自覚する人まで無理に目立たないよう「なんちゃって」と「とほほ」と「中二病カコワル」だけで済まそうとし過ぎてきたのではないか。

だが、押し殺されていたものはいずれどこかでその発露を見出す。

このたびたまたま私は、「リテラリーゴシック」の名のもとに開き直って、かつて「異端」と呼ばれたり「耽美」とされたり「美的幻想」とか「暗黒文学」とされたり、等の、たとえば「ポストモダン」の人たちが揶揄あるいは無視してきた傾向の文学を部分的に復活させたことになる。

それが好評なのだとしたら、このところ皆、渇いていたのだ。こういうものをもっと読みたい人が、本当はたくさんいたのだ。

そこで、長らくの抑圧によってその存在がよく見えなくなっていた読者たちが再び顕在化し、かつ新たな読者が「そうだ、自分はこれが好きだったんだ」と自覚してくださったのだとしたら幸いである。

あるいは、その抑圧のために、本来もっと読まれ喜ばれてしかるべき作品が、あまり書店に出ない状況が続いていたのだとしたら、これを機会にもう一度、「本当に望まれている作品」が多く刊行されるようになったらよいと思う。我田引水はもとよりだ。

これはほんの一例だが、収録作家の一人、赤江瀑の短編が現在すべて絶版とはどういうことであるか。

思い込まされによる無意味な抑圧を解除せよ。

もっと、もっと、リテラリーゴシックを。

【五】

失われた先達を求めて

中井家の方へ

中井英夫の名を知ったのは三一書房版一巻本の『中井英夫作品集』による。一九六九年の刊である（『中井英夫作品集』は後の一九八六～八九年、同じ三一書房から再び、今度は全十一巻のものが刊行される）。手にしたのが一九七〇年代中頃と思う。

収録作は「虚無への供物」「黒鳥譚」「青髯公の城」「麤皮《あらかわ》」。メインの長編に短編三編という形で、このときまで私は「虚無への供物」の存在も知らなかった。ただ、この作品集に付属していたのだったか、あるいは同版元の『夢野久作全集』か何かに予告として挟み込んであったか、今ではよく覚えていないが、何枚折りかになっていて開くと大きな縦長になる内容見本があって、そこには「怖ろしい文学はないか、魂を震わせ世界を凍りつかせる文学はないか」という口上とともに、埴谷雄高、吉行淳之介、井上光晴、澁澤龍彥、武満徹等、錚々たる文学者・芸術家による『中井英夫作品集』推薦文があった。

中でよく記憶しているのはやはり澁澤龍彥によるそれで、確か、かつて、ある出版社で幻想文学シリーズを企画し、澁澤氏がその編集委員の一人に名前をつらねていたところ（創元推理文庫版『怪奇小説傑作集』第四巻フランス編のことだろうか？　あるいは企画のままで実現しなかったものか）、幻想小説とゴシック小説には一家言ある中井氏からある夜電話がかかってきて、このシリーズの作品選定の杜撰さを激しく非難された、というエピソードが記されていた。それはかなり放言・罵倒に近いものであったらしく、対して澁澤氏は、中井氏が狷介な人とは聞いていたが、なるほどこれほどだったかと、「むしろ爽やかな気持でお聞きした」というような感懐を述べていて、ヴィリエ・ド・リラダンや上田秋成のような気難しく一徹な文人を想像させられた。

とともに、そういう酷い電話に怒りもせず（いくらか気を悪くはしたのだとしても）、後でむしろ文人の勲章であるかのように記して推薦する澁澤龍彦の度量の広さも感じた。こういうつきあいができたから澁澤龍彦は、周囲の人たちから愛されたのだな、と随分後になって思った。

この『中井英夫作品集』は当時『江戸川乱歩全集』『横溝正史全集』『夢野久作全集』『久生十蘭全集』『小栗虫太郎全作品』『新青年傑作選』そしてシリーズ「大ロマンの復活」といった作品集が続々と出ようとする時期、これまた伝説的な、ロマン主義的ミステリの巨峰を収録した「異端文学」の刊行であるといったニュアンスで宣伝されていた。そこには少し前まで全盛を誇りその当時も衰えてはいなかった「社会派推理小説」への対抗勢力のひとつとして、その社会派推理に代表されるような「現実にねざした想像力」への強いアンチテーゼの意味合いがあるように見受けられた。またどことなく、かつての浪漫主義者からの自然主義への批判のようなニュアンスも感じた。「無粋な文体で貧困生活と風俗ばかり報告したがるあの無神経なやからたちの知りえない、繊細優雅な美の世界がここにある、しかもそれは恐ろしい」という「違いのわかる、選ばれたあなただけに贈る」的宣伝方式である。

しかもその大半を占める「虚無への供物」は「アンチ・ミステリー」なのだという。読む前は何のことだかわからない。ミステリーに反対するならミステリーじゃないもの書けばいいじゃないの、という気もした（後述のように若干今もそう思う）。そういうことをご本人の前で言えば大変な大目玉をくらっただろうが、この頃私はまだ面識もない無責任な一読者である。

とはいえ読み終えてみれば、何がアンチの必然性なのかはいくらか了解できたつもりである。ミステリーの手法と段取りを忠実に守り、確かなトリックも用意し、かつまた頽廃趣味や虫太郎的なマニア性、ゲーム性、迷宮性等々を山盛りにし、しかし虫太郎や久作とは異なる十蘭的な都会らしさを語りの芳醇とともに提出する極上の高級エンターテインメント、と見せておいて、最後のあたりで卓袱台をひっくり返し、読者に向き直って「この凄惨な世界をのうのうと見物していられるのか君は」とそれこそ怒りとともに問う、読む者を安心させない長編なのだった。このときには「なんだろうこれは？」だったが、後になってグノーシス主義という宗教思想を知って、この小説では、戦前からの伝統的な探偵小説の技法を用いながら、その核でグノーシス主義的な、現世界への批判、あるいは造物主への抗議が行われているのだ、と考えるようになった。ミステリーであることの利点を駆使しながら、その核心はミステリーである必要性を否定してしまうゆえの「アンチ・ミステリー」なのだ。

ただ、それでも、今も私にはやや釈然としないものがあって、たとえば、最終的には娯楽性を否定するその苛烈な反抗心、批判意識を十全に活かすなら、予め娯楽を排した、全くの芸術的自由の許される純文学の場でこそやればよかったではないか、ということだ。後に作者の執筆時の苦境、戦争とそれに続く敗戦による困窮のため、新人として登場するに最も望ましい時期を大きく逃し、ようやく念願の小説を発表しようとした時には、そうしたくても純文学の新人とは既になりえなかった、という状況を知りはしたが、それでも、成立事情を考えずに言うなら、この小説の核の部分はエンターテインメントとしてのミステリーにはなじまない。純文学として発表されていればもっと徹底したもっと旗幟鮮明なものになりえただろうが、と思いつつ、しかし、それではこの長編の最上の部分である乱歩以来の探偵趣味と戦前探偵小説的な「大ロマン」と、あの魅惑的な優雅と趣味的記述が大半なくなってしまうではないか、それでは台無しだ、いや、とはいえ、あの結末ならそれらはなくしてでも……とどこまでも私のこの長編への態度は決まらない。

こういう戸惑いをいつまでも持続させうるからこそ忘れられず読み継がれ、そして名作として記憶されるのだろうとは思う。全体がとても巧みに作られていながらどこか不条理なあるいは不整合なところが一点あると人はそれを忘れない。不可知がまるでなく、あるジャンルに完全に収まってしまう作品はどれだけうまく書かれていてもそのジャンルにだけ忠誠を誓うものだ（と読みようによっては軽視するような言い方になってしまったが申し訳ない、それはそのジャンルを愛する人には大切な名作であることは言うまでもない）。ミステリーは常に限りない魅力の源泉だが、そこでの、私にとってのミステリーの名作はミステリーというジャンルを根城として、それをよいことにどこかで逸脱をなし遂げたものがほとんどである。たとえば江戸川乱歩なら『孤島の鬼』『盲獣』、横溝正史『八つ墓村』『三つ首塔』、夢野久作『ドグラ・マグラ』、小栗虫太郎『黒死館殺人事件』、そして中井英夫『虚無への供物』、奥泉光『葦と百合』、京極夏彦『魍魎の匣』、等、中の『ドグラ・マグラ』『黒死館殺人事件』『虚無への供物』が日本三大アンチ・ミステリーと言われているのはご存知のとおりである。

なお、奥泉光の『葦と百合』も『虚無への供物』的なアンチ・ミステリーと言ってよいとは思うが、これは純文学作品として発表されていて、それこそ芸術的な場でミステリーを用いた冒険と言える。これもまた逸脱的名作とは思うが、しかし、だからといって純文学であることの自由を駆使したゆえの、『虚無への供物』的アンチ・ミステリーとは異質の世界かというとそうでもなく、するとやはりジャンル縛りは中井にとってあってしかるべき、これあってこそ、思想でしかないグノーシス主義を、読めるものとして物語化できたのだ、と逆に納得させられもした（だからといって今も『虚無への供物』を前にした戸惑いがなくなることはないのだが）。

このように、その作品との出会いのおりから中井英夫という作家は私にとってどことなくアンビヴァレントなものを抱えていた。

さて、一九八五年の話となる。第一回幻想文学新人賞受賞により、中井英夫・澁澤龍彥両氏とお目にかかることとなり、そうして受賞作を収録した『幻視の文学 1985』が刊行された後、だったか直前だったたか、ここがあやふやなのだが、そうした時期のある深夜のことだ。

十二時を過ぎていたと思う。およそその頃私が就寝するのは午前三時から四時ほどで、たままこの時間は入浴していた。ふと気がつくと電話のベルの音がする。電話は旧式であった。留守電というものはない。そこでバスタオルを巻いて出てみると、「中井です」との声だ。

「明日、夕食に来ないかね。……くんが料理を作ってくれる」

というお誘いであった。……のところのお名前は忘れたが、当時、中井家で料理と車の運転を請け負っておられた背の高い青年の名である。

こうしたさいにはすぐさま「はい、ありがとうございます」と喜んで返答するのが正しい社会人というものなのだろう、しかも相手は審査員であり自作を高く評価してくださった人なのだ。

しかし私はそうした種類の愛想を知らない者であり、予定がなければ御礼とともに参ずるが、予定があれば断るという、通常なら当然の対応をすることとなった。そういうところに自分のある性向を感じるがそれは後で記す。

このとき、すぐ「はい」と言わず、「少しお待ちください」と机上にあった予定表を手にしながら「はあ、明日ですね、ああ、明日、予定が入ってまして」とあたかもビジネスの場でのような対応をしたのがよくなかったようで、

「こちらの誘いにいちいち予定表を確かめて決めるような若造には用はない。来なくていい」

と激昂したらしい中井氏の声が続いた。

「いえ」と言おう間もなく電話は切れていた。

このとき、自分としては、深夜十二時過ぎに電話してきていきなり明日来ないか、という、いささか非常識な連絡に対しては、既に予定があるのなら断っても仕方ないではないか、とまずは思い、しかし非常にお怒りであることをどうしたらよいものか、とも考えて、しばらく思案の後、いや、いずれにせよあれほどお怒りであれば鎮めようもない、もはやこの上は仕方ないか、と諦めようとした。そこへまた電話が鳴る。出てみると新人賞主催『幻想文学』編集長の東雅夫氏か

らである。

「中井さんから電話があったでしょう？」

と、まずそのように言われたのは、ついさっき東氏に、中井氏から憤然とした連絡が来たためであるとのことだった。そこで「あの若造は無礼だ」という話をさんざん中井氏から聞かされたが、どうなのだ、と問われる。

それで一刻前にあった電話の件を伝えると、

「なるほど。だが、受賞したばかりで中井さんのご機嫌を損ねるのはよくない。まずはともかく明日、無礼を詫びに行くべきだな」という答えである。

少なくとも私よりは数段世慣れたらしいこの人が言うのだから従うに如くはないとして、翌日の予定はキャンセルし、仮に門前払いされるにしてもひとまず出向いて頭を下げることになり、東氏も同伴してくれるという。

「中井さんには伝えておくよ」

と言う東氏から再連絡のさい、さいぜんは本人も、深夜急なことで取り乱してのことですからどうかご配慮いただきたく等、とりなしてももらえたようである。

翌日、礼を尽くして謝罪にゆくとその頃はまずまずお怒りも収まっていたようで、ありがたく夕食に同伴させていただいた。

その後この件が後を引くということがなかったのは東氏の素早く適切な対応のおかげであったと感謝している。

とともに、いったい自分とはどういう物知らずであるか、世間知らず、朴念仁、とはこういうものなのだなあ、と思うばかりであった。普段は普通人のつもりでいるが、いざとなるとどこかが抜けている。ああした場合は「はい喜んで」とまず言っておき、どうしても断れないようなことがあるとわかっているときは敢えて次の日の朝にでも慌てふためいた声で「すいません、急にこんな連絡が」と相応の理由（当然、葬式や近親の危篤級のそれくらいでないと無理だが）を告げて断るという知恵もない愚かさである。

そこはかつても今も自分の課題だが、依然いい加減なままの私は、このエピソードを公で話す機会あるたび、「澁澤さんも中井さんには怒鳴られてたらしいし、そう思うなら名誉なことで、『むしろ爽やかな気持でお聞きした』」などと語るのを常としている。

爽やかか否かはともかく、また私の抜け作問題も棚に上げて、ただ、今考えるなら、この件に関しては、中井氏と私との間に若干の認識のずれがあったことがその理由であるようにも思うのだ。

そうたびたびではないがその後もお宅にお邪魔させていただく中で、なんとなくわかったのは、作家同士のつきあいとは別に、当時、中井氏宅には頻繁に中井氏の若いファンが出入りしていて、ときにその日常を支えていたということである。

詳しくは知らないが、周囲にいる人々はほぼすべて中井ファンなのだった。ならばたとえば、明日来ないか、と夜中に電話があれば、喜んで飛んできて当然で、そこで予定表など確かめるというのは、中井愛に欠ける証拠である。

これに対して、私はどうかと言えば、『虚無への供物』や『とらんぷ譚』等の作品の価値の高さは確信しそれによる深い尊敬もある気だが、しかし、何をおいても駆けつけたいといった種類の意識は持たないのである。中井氏に限らず、もともと私はどれほど価値ある作品を書く作家に対しても無私で忠実なファンであろうとするところが少なく、いや、たとえば友人としてならそうありたいが、やみくもに相手を崇拝するということがほぼない。夜中に電話してきた相手に「いや無理だよ、俺明日仕事あるし」と気楽に断れる関係が友人の関係である。そこで用事があっても「はい参ります嬉しいなあ」と即座に言えるにはそれだけの熱烈なファン心を持っていないと難しい。これが私にはない。そこは澁澤氏に対しても同じである。常に近くにいて一挙手一投足を見守りたい、お役に立ちたい、と願うような、作家への従属的関係を、私は望まない。

それと逆に、私は作品世界というものに強い期待をも抱いていて、生身でない作品を交わし合うことで、実生活とは少しだけ隔たった位相でのみ、つきあえたらと思うことが多いのだ。

この微妙な距離感が、たとえば中井氏の作品に関する評論にはうまく働いたようで、創元ライブラリ版『中井英夫全集』第九巻「月蝕領崩壊」(二〇〇三)の解説として書いた「文人と幻想文学者の間」(『月光果樹園』所収)は、機会を与えられて書いた批評としては最もよくできたもののひとつと自負している。

その価値は、第一に中井氏にとっての憧れであった「文人」の意味を明示したところ、第二には中井氏にとって幻想文学者であることの意味を解いたところにある。この批評は、『虚無への供物』や『とらんぷ譚』等の代表作ではなく、主に日記類に関してのもので、そこに記される、嘆き怒り、限りなく愚痴を続ける非スタイリッシュな、作品以前とも言うべき中井英夫の最も弱く残念な部分を、従来とはやや別の文脈から評価し直したもので、ここに私は、中井氏の作品を愛読しながらもファン気質を示し得なかった者としての精一杯の誠意を示したつもりでいる（なお、中井氏の最期を看取った最晩年の助手、本多正一氏は、この人もまたもともと中井ファンであったとはいうが、しかし、綺麗事でない介護まで続けた人であれば、少なくともファン的崇拝だけでない、人としての真の信愛と親愛から接しておられたように思う）。

私がお目通りを許された時期の中井氏は、最も大切な伴侶を亡くした後の失意の中におられたが、作品はまだ発表が続いていた。ただそれから数年すると「どうも小説を書く力が不足してきた」という内容の随筆ばかりが増えた。

そして一九九三年の十二月十日となる。中井氏の命日だが、この日夕刻、私はたまたまガリー・ベルティーニ指揮東京都交響楽団の定期演奏会を聴きに東京文化会館に来ていた。

プログラム前半はアントン・ヴェーベルンがシェーンベルクの提案した無調十二音技法を用い始める前に、調性音楽として書いた初期の明るく繊細な管弦楽曲「夏風の中で」、後半はアントン・ブルックナーの交響曲第七番だった。

よく語られることだが、中井氏は自作『虚無への供物』が幕を開ける十二月十日と同じ日付・曜日（金曜日）に亡くなった。中井英夫の作品と現実のシンクロニシティはこれにとどまらず、当人の痛恨の極みとなりおそらく以後の執筆のブレーキにもなってしまったのは、たまたま伴侶の死を思わせるような小説を書いた後、しばらくするとその人が癌で亡くなってしまうという事態で、こちらはマーラーの「亡き子をしのぶ歌」の作曲事情などを思わせて慄然とする。必ずしも不吉な件ばかりではないにしても、中井氏の生涯はこうした奇妙な偶然と暗合に満ちていたと聞く。

私の場合にも、作品との関係でシンクロニシティを思わせることはあるのだが、中井氏のように悲痛な問題はあまりない。どちらかといえば、後で考えると、助かった、よかった、といったことが多く、書いたことが現実となったと思える事例もいくつかあるが、幸い今のところ自分の身辺が脅かされた経験はない。そもそもそういうことは書かない。

ところで、この一九九三年十二月十日の自分にも中井英夫との関係から見た、小さいが不思議な偶然がある。

ブルックナーの交響曲第七番は彼の出世作とされるものだが、この作曲中、ブルックナーが心から尊敬し崇拝し神のように慕っていたヴァーグナーの訃報を聞いた。それが第二楽章を作曲し終わりかかったところだったそうで、ちょうど練習記号のWのときだったという。このときブルックナーは泣きに泣き、嘆きに嘆いて、二楽章のコーダとして葬送音楽を付した。これはヴァーグナーが考案したことでその名のあるヴァーグナーチューバ四管と、通常のチューバとの金管五重奏で始まるものだ。

そしてこれが私にとっても、師が死を迎えた日の葬送曲となった。

澁澤家の方へ

二〇一五年現在、澁澤龍彥はどんな文人と受け取られているだろうか。

といってアンケートを実施して統計を取る気もないし、それらしい文献を分析するようなこともしないので、単にこの私が受信しているイメージに過ぎないが、ある程度はあたっているだろうことを示してみると、澁澤初期から中期にかけての「暗黒」「異端」文学の翻訳者・紹介者・批評者、のような受け取られ方は今も健在であるようだ。それと後期の「綺譚」の作者という捉え方、こちらはどちらかと言えば少し澁澤を読み込んだ人の方に多いように思うがいかがだろう。そのほか、専らアングラ・アート批評家という見方を優先する層もあり、そこではハンス・ベルメールの「関節人形」（後に「球体関節人形」という呼び方が定着するが、当時の澁澤はこのように書いた）を紹介して四谷シモンに球体関節人形の制作を始めさせた「日本における球体関節人形の父、そして師」という意味が大きいことだろう。その場合もやはり紹介者、そして判定者という位置にある。

私の記憶するところによって少しばかり、澁澤像の変遷を辿ってみると、まず五〇年代は知らず、六〇年代はサド裁判の被告であったことが重要となる。

このサド裁判については詳細な記録も公刊されているので詳しくはそちらにあたっていただく

として、概要を言うなら六一年、マルキ・ド・サド（通称。正式にはドナスィヤン・アルフォンス・フランソワ・ド・サド）の小説の翻訳である『悪徳の栄え　続』が猥褻文書として押収されたことから版元代表とともに被告となり、以後九年間すなわち六〇年代の大半、翻訳者・澁澤龍彦と現代思潮社社長・石井恭二とは裁判とともに過ごすこととなった。地裁では無罪、高裁・最高裁では有罪となって七万円の罰金を課せられた。このとき澁澤は「たった七万円、人を馬鹿にしてますよ。三年くらいは（懲役刑を）食らうと思っていたんだ」「七万円くらいだったら、何回だってまた出しますよ」と語ったという（なお、『悪徳の栄え　続』の方だけが発禁で、正編の『悪徳の栄え』がそうでないのは、正編が出たときに検察がすぐその内容を察知できないまま流通してしまったからだ、という推測を聞いたことがあり、それによれば、検察がもし気づいていたら直ちにこちらから摘発しただろうとの由）。

だがこの「たった七万」と引換に澁澤は、「反体制的文学者」として全国に名を知られ、以後、著名人となったのだから今から考えれば大変幸運である。

裁判に際しては、大江健三郎、遠藤周作、埴谷雄高、大岡昇平、吉本隆明、奥野健男、栗田勇、森本和夫、白井健三郎等々多数の有名作家・評論家・文化人が言論の自由の名のもと、一斉に澁澤の味方をした。それでこの裁判は「頑迷かつ抑圧的な保守反動勢力・対・自由を愛するエリート文化人」の対決として見られ報道され、その場合、検察当局であるところの「保守反動勢力」に肩入れする読書人はまず皆無であったはずだ（当局による検閲に対しては今も大半の読書人の態度は同じであるだろう）。

「ファシズム的悪・対・リベラル正義連合」というわけだから、もし澁澤側が勝訴すれば「反動勢力に負けず言論の自由を貫いたヒーロー」と言われ、敗訴しても「言論の自由を貫こうとして果敢に戦ったが卑怯な反動勢力によって陥れられた悲運のヒーロー」と言われるだけで、勝とうが負けようがその名誉は同じであり、どちらにしても知識人からは大歓迎されるのである。

しかも、現在と違って、当時一九六〇年代は「当局」のやることはどれもこれもすべて国民を抑圧する悪であり、それに反抗することこそが正しくそして格好いいことなのだ、と本気で信じられていた。その場合、国家主義・国粋主義と「右翼」はとりわけ敵対すべき勢力であり、左翼の敵である意味において「保守派」もほとんど右翼と区別されない。左翼による権利主張は何においてもほぼ正しく、それを阻害する者は自由の敵である、という意見は案外中産階級にも浸透していた。おそらく政権与党関係者および大規模自営業者と会社経営者だけがこれらのリベラル勢力の活況を苦々しく見ていたことだろう。こうした思想状況が正しいとは思わないが、とはいえ、自身がもし経営者でない、弱小被雇用者であるとしたら、(左翼的ドグマの方はなくてよい、いや、ない方がよいが) このような権利主張上等でいたほうがどれだけか有利であるということも知っておきたいところだ。閑話休題。

というわけで、澁澤龍彦は、「発禁となったサドの翻訳者」としてまず知られ、それにともない、サドのイメージに似合うような「反体制芸術」「暗黒文学」「エロティシズム」、そして本国でサドを復権させたアンドレ・ブルトンらの芸術思想運動である「シュルレアリスム」、さらにはシュルレアルストが再評価した「西洋オカルティズム」、等々への紹介・言及者という位置づけでしばらく知られることとなった。このとき澁澤関連の出版物の宣伝には多く「異端美術」「異端文芸」等の惹句が付されたようだ。澁澤自身はこの不用意な売り文句にはかなり警戒を示していたとも聞くが、しかし結果として、六〇年代の澁澤は「異端芸術の紹介・言及者」として今も語られる。

なおこれらの「異端」はもともと「異端審問」等の、西洋カトリックにおける絶対禁止的背徳・罪悪というような意味からきているから、たとえば徹底した涜神を語る残酷ポルノグラフィーであるサドの発禁書は確かにそれに該当するだろうし、当時、田辺貞之助訳で翻訳刊行された、幼児殺戮者ジル・ド・レーとその黒魔術を辿るユイスマンスの『彼方』まではなるほど「異端の書」としてよいだろう。しかし、それらに続く「異端文学」シリーズとして桃源社から翻訳刊行されたユイスマンスの『さかしま』やシェーアバルトの『小遊星物語』などのどこが異端であるか、そこでの「異端」はもはや「奇書」の意味で用いられているだけであった（同じ意味から当時続々と復活した『新青年』の変格探偵小説作家の作品もまた「異端文学」と呼ばれた）。ただ、そうした意味とは別に、一見して心を抉られるような衝撃と背徳感のあるアングラ・アートのもたらすセンセーショナルな印象を西洋的絶対禁忌としての「異端」と翻訳したのはなかなかうまいネーミングではあった。

その精華が「残酷とエロティシズムの総合研究誌」と定義された『血と薔薇』誌（一九六八～九年）である。澁澤の責任編集（一～三号。四号のみ別）によるこれは、六〇年代最後に打ち上げられた「異端の花火」とも言うべき華やかな暗黒趣味の開陳となった。

この「異端の文学者」といういわば宣伝的姿勢を、澁澤死後の八〇年代後半あたりになってから「恥ずかしい」「こんな言い方で素人を騙していた」等と批判(というより揶揄)する人もいたが、それを澁澤の現役時代に告げたというのならともかく、当事者の死後、後の人間が当人の属する時代の志向を基準に嘲笑するというのも潔いこととは思われない。というより、ただのキャッチフレーズをもとにしての否定は本質的な批判とは言えないし、もし真剣に批判しようと思うなら澁澤自身が書いたもののどこが過ちでありどこが悪しき発想なのかを逐一指摘し、対する自分からの反対意見を言明すればよいだけのことだ。

澁澤の「異端の文学者」のそぶりはしかし、一九七〇年代になると大きく変化する。まず「暗黒系」の紹介より博物誌への言及が増える(『思考の紋章学』『わたしのプリニウス』)。続いて、それまでは記すことを禁じていた自身の身辺や記憶を語り始める(『玩物草紙』『狐のだんぶくろ』)。さらに随筆が物語的な展開を見せ始め(『唐草物語』)、遂に小説家として幻想的な綺譚を発表し始める(『ねむり姫』『うつろ舟』『高丘親王航海記』)。

この段階で澁澤龍彥は翻訳家・批評家・解説者・随筆家から小説家へとシフトした。小説はごく初期にも一冊『犬狼都市』があったし、もともと小説家的意識はあったようだ。ただ、本格的に小説を中心に執筆し始めたとき、残り時間が少なくなっていたのは無念と言うもおろかである。

それで現在、澁澤龍彥の小説集は数冊にまとまる程度で、そうなるとやはり翻訳以外では圧倒的に随筆・エッセイのたぐいが著作の中心ということになる。その初期中期には現在問題視されるような、ユルジス・バルトルシャイティスやマリオ・プラーツ、ジョルジュ・バタイユほかからのやや安易で露骨な剽窃があるとされるが、特に啓蒙的な(澁澤は一貫して「反啓蒙主義」の人だが、しかし、それを知らない読者に西洋のダークサイドを紹介するさいの態度はやはり啓蒙的と言わざるをえない）姿勢を取る必要のないエッセイを書くようになってからはそうしたことも不要になったかと思う。そのあたりは全集編纂者等の専門の人に尋ねたい。

このように、澁澤龍彥は、翻訳家↓批評家↓エッセイスト↓小説家、というコースを歩んできたわけで、これを私は文人のひとつの歩み方の手本と考えている。まずとりわけ興味深い事象・作家の紹介とその周辺について語る報告者・紹介者そして批評家として、次いで随筆家としてよく知られ、こうしたキャリアにより作品発表の場が整備されてきたところで満を持して小説を発表する、というところが望ましく、これを私は文学の「澁澤道」と呼んでいる。自分も澁澤道を歩みたいものと思う。

臆面もなく比較させていただくと私の『ゴシックハート』『ゴシックスピリット』は澁澤龍彥の著作なら『黒魔術の手帖』や『異端の肖像』にあたるものである。『無垢の力』は、澁澤のフランス文学者としての本領、という意味から言えばサド論に対応するだろう。そして、本書は『玩物草紙』『狐のだんぶくろ』のように過去の記憶を辿ること、および『思考の紋章学』『胡桃の中の世界』のように思索することを主とした随筆として書かれている。

あとはゆっくり小説をものしてゆこうと思う。それが早くに世に出るかどうかは運次第である。ところで現在なら、「異端」への揚げ足取り的な中傷ではなく、もっと本質的な澁澤龍彥批判が多々あるはずだ。

確か、澁澤没後に、澁澤龍彥を「オタクの王」のように言いなし、その上で、これからはそうした幼児的な自分を肯定しない「大人」をめざせ、といったような説教的批判があったように思う。

しかしこの意見を私は一顧だにしなかった。なぜなら、その批判はそれこそ時代遅れで、言わば「折り込み済み」なのである。そもそも澁澤は、五〇・六〇年代当時のまだ成り上がりつつある日本社会での、「勤勉であれ、理想的成人となれ」と命ずる圧倒的多数勢力とそれによる退屈な人生論的・処世術的説教を何より軽蔑・批判しての結果（そのそぶりが「異端の文学者」「幻想文学者」でも何でもよいが）、遊びとコレクションと西洋ダークサイドの魅力を伝え、次いでは博物誌等々に言及し批評し、また気ままな綺譚を書いていったのであって、もともとが故意に「反大人」の立場なのである。それをもう一度学校の先生のように「大人になれ」と説教しても、澁澤本来の反抗意識の矛盾を指摘することにはならない上、その批判者には安易な「大人」という結論への疑いもない。

そうした「堅実な平凡／対抗する特殊」の対立を意識している限り、仮に多数決的勝ち負けはあっても現意識に変更を迫る事態は起こらない。両者は相補的で同一平面にあるからだ。今頃になってまだそれか、またそれか、と思うばかりで、これは批判ではなく、人生への見解の相違である。

だがその後、女性の視線からの澁澤批判が出るようになって、ようやく真の批判が可能になったと思った。澁澤は型通りの「マッチョ」ではないのだが、しかし、その意識の原点には圧倒的な男性優位の前提があり、この前提からすべての言表は行われていて、もし原理的な批判をするならここを問わねばならない。立派な大人たれ、とかいうような「教育的言辞」より先に、その

「立派さ」の条件を成立させている自身のマッチョ性への指摘（「立派な大人をめざせ」と説教したがる人が理想とするのは必ず成人男性と、それを重んじ補佐する女性の態度である）に答えてから、批判するならすべきである。

ただしかし、その場合にも、澁澤に関して、『八本脚の蝶』の著者、二階堂奥歯が言ったような「思想的には許せないが、その魅力に強く惹かれてしまう」（趣旨）という意見がある。

たとえば澁澤の『少女コレクション序説』に示された、オブジェとしての少女への視線というのは、特別フェミニズムに接していない読者でも、現在なら、ある種の少女囲い込みであり、モノ扱いであり、男性の勝手な人権侵害的言説である、とそのように語ることは容易い。だが、この女性への侮蔑にもなりそうな文章は、ときに女性たち自身によって「乙女のバイブル」のような語られ方をもされているのだ。

そこの事情について、最近、樋口ヒロユキが『真夜中の博物館　美と幻想のヴンダーカンマー』にこう記していた。

さて、既に見たとおり澁澤の少女論は、いわゆる「男目線」で書かれているし、そうした男の視線で書いていることを、自ら問わず語りに告白してもいる。ところがジェンダーフリー化した現在の視点で眺めても、彼のテクストはいまなおその輝きを失わないばかりか、現実の少女たちに愛され続けている。ではなぜ彼の少女論は「男目線」で書かれているにも関わらず、いまも少女からの支持を受け続けているのだろうか。

彼のテクストは粘着質な肉欲の影を持たず、鉱物的で乾いたエロティシズムに彩られている。澁澤の書いたテクストの中では、少女たちは性的な欲望に曝されても、興奮に色づくことなど決してしない。彼女たちは鉱物質のエロスのなかで、結晶のように静止したまま「永遠の相のもとに」あり続けるのである。つまり彼のテクストを読む間は、女性は「不老不死の少女」という幻想、「結晶化した少女」という自己イメージと戯れ続けられるのだ。

二階堂がどうしても澁澤を否定できなかったのは、樋口の言う、女性にとって望ましい自己愛を肯定させる部分からであったかと教えられた次第である。

この先、澁澤の書いたものでも時代遅れとなり飽きられ捨てられるべきものは捨てられるだろう。だがそこでどうしても捨てきれない何かがあるとしたら、右のように、読み手の自己愛的な「戯れ」を促す部分ではないだろうか。見方によればきわめて悪質なこの誘惑を私は「魅惑」と呼ぶ。このように読者の内なる欲望をそそのかし、退廃的に慰撫してしまう澁澤の文章は、やはり忘れ難いものと思う。

が、そうは言っても、そんな「戯れ」でごまかされない女性たちもいる。たとえば近年の「腐女子」たちはその大半が、自らそうと言わないにしてもフェミニズムの視線を隠し持っている。その一人の人のツイートに、澁澤が許せない、と言明してはばからないものがあった。それは、男性優位意識が強固に保たれている澁澤の発想と言辞についてであった。が、ここから先は、そうまで思い切っていない私が代理的に言葉を挟むべきではないだろう。ただはっきりさせねばならないのは、この先、澁澤龍彥の文業への徹底した否定・批判を考えるなら、(「ポストモダン」流行時代の「ダサい／ダサくない」判定や時代遅れの「大人」志向からではなく)まずはこうした女性の視線から語られるのが筋であろうということだ。同意するか否かは別として、その指摘こそが今、批判として意味あるものなのだと思う。

一方、澁澤龍彥の文業の肯定的評価に関しては、今も流布する「暗黒の貴公子」的な像を敢えて否定し、もっと自由で気楽、そしてある程度いい加減でおかしみのある文人としての価値に注目する方向の研究と批評にこの先、期待できそうに思う。

さて、私が初めて澁澤龍彥邸へ上がることを許されたのは一九八六年頃だったか、これも東雅夫氏とともにである。『幻想文学』別冊創作誌として創刊された『小説幻妖』一号を献呈するため、お宅を訪うこととなった東氏に誘われ同伴させてもらったのではなかったかと思う。

金子國義の絵や土井典によるベルメール風の球体関節人形、『幻想の画廊から』で紹介され桃源社版『黒魔術の手帖』の著者近影のプランを示唆したパルミジャニーノの絵『凸面鏡の自画像』に描かれるそれと同様の凸面鏡、『血と薔薇』表紙の写真に用いられた貞操帯、髑髏、貝殻、等々、それまでさまざまな媒体での写真で知ったオブジェが実際にあった。

そうしたものが飾られ、また隣室に遠望される居間におり、澁澤氏、龍子夫人と東氏が語らう横にあって、私がどれほどのことを口にしたかはほとんど記憶にない。いつか青木画廊の四谷シモン展においでのさい、たまたまそこに立ち会っておりました、というような話もいざとなると敢えてするほどのものに思われず、たいして自分から話はしなかったように思う。

ただ、澁澤氏の語ったことはいくつか、よく憶えている。

『小説幻妖』一号に翻訳掲載された南米作家オラシオ・キローガの作品について、

「うん、キローガね、あれはおもしろいね」

同じく『小説幻妖』一号掲載の、第一回幻想文学新人賞佳作を認められた宇井亜綺夫による受賞後第一作「さなき」について（「さなき」とは鉄製の大きな鈴のことをいい、古代に使用されたものらしい）、

「うん、『さなき』とはいいところに目をつけた」

だいたいがこんな調子で、あっさりした、あれこれ煩いことを言わない人とは聞いていたが、ここまで竹を割ったような一問一答とは改めて驚いた。

一方、当時、中井英夫氏の発表していた、自己の状況への嘆きの多い小説随筆について、

「心情吐露もいいけどさあ、また『夜翔ぶ女』みたいのが読みたいね」

『夜翔ぶ女』は中井氏のとりわけトリッキィで洒落た都会的短編を集めたもので、半分ほどは伴侶の亡くなる前に書かれている。中井氏のスタイリッシュなところがよくうかがえる作品集である。

そうこうしていると、戸口のところに白い丸いものが現れた。

龍子夫人が、

「あ、うちゃ」と言われるので、それが飼い兎の「ウチャ」であると知った。

等々、いくらか記してみたがこのくらいのたわいないない記憶である。が、こういったところが私

には人生の財産なのである。

【六】

タルフォイックなはなし、シノブィックなはなし

足穂（A）とそして信夫（B）と

（A）

私の場合、後年特別と認めるに至る作家との出会いは多く江戸川乱歩との関連にあって、三島由紀夫の名も講談社版第一期十五巻本『江戸川乱歩全集』の編集委員の一人として意識したのが最初であるし、書店でこの本の隣によく見かけた『澁澤龍彥集成』が澁澤龍彥を知る契機となったことは既に告げた。また澁澤は同『乱歩全集』中の一冊に解説も書いていて、当時の私はその指摘の深さに瞠目したものである。私にとって中井英夫の発見は最初単発だったが、この人もやはり江戸川乱歩あっての出発だったとすぐ後で知った。

稲垣足穂という作家の存在に気づいたのも同『乱歩全集』の解説として読んだのが最初ではなかっただろうか。確か、リンデンの並木の間を歩いていると向こうから現れたのは幻影城城主で、というような書き出しだったと記憶する。少年の頃、両者ともに感銘を受けた「旅順海戦館」というパノラマ館のことから語り出されていた。

ただ、まず当時の少年たちを熱狂させたというそのパノラマ館をまるで知らず面白みもわからず、しかも旅順海戦とやらにも興味が持てなかったこと、またその文章はどことなく散漫で、澁澤や三島のような緊密な論理が見られず、いきなり話を変え飛躍するかと思うと、ひどく煩瑣な話題ばかりを恣意的に続けるところなどがどうも面倒で、さほど長くない文なのに何度読もうとしても退屈から挫折し、当初はあまり注目しなかった。

ずっと後になり、乱歩と足穂が少年愛に関し意気投合しつつ語っている対談（「E氏との一夕」）の存在を知る頃から俄然、足穂の重要度も増すが、それ以前には、父の書斎にあった筑摩書房版の『現代日本文学全集』（この出版社での『日本文学全集』の最も古いそれで一ページ三段組のもの、一九五三年から刊行開始、全九十七巻、これに確か二巻ほど補巻、さらに後に三十八巻を続巻）の中に『大正小説集』という、一巻立てあるいは二、三人での一巻立てにできなかった作家を集めた拾遺短編集があり、そこに収録されていたことで稲垣足穂の小説作品に出会ったと記憶する。収録作は「一千一秒物語」「星を造る人」だったかと思う。

特にこの「一千一秒物語」が、純文学のみの文学全集には似合わないようなスラップスティックとナンセンスに彩られた、お洒落で軽快な都会の童話であるのを知って、このときから既に特異な作家という認識はあった。こちらには退屈しなかった。

思えば私が講談社版乱歩全集を買い集め、読み続けていた七〇年代前半、現代思潮社版『稲垣足穂大全』全六巻（一九六九〜七〇）が既に刊行されており、批評書研究書も各種出始め、三島由紀夫の強い推薦による第一回日本文学大賞（新潮社主催、六九年から八七年までの第十九回まで存続、三島は中村光夫・丹羽文雄とともに第一回の選考委員を務めた）受賞後の華々しい足穂再評価が続いていたのだが、それらに追いつくにはもう少々かかった。大変立派な大判の『稲垣足穂大全』も存在は知っていたが、これは当時（ハードカバーもしくは箱入りの新刊本がおよそ五〇〇〇円前後）にあって思い切った高価格（二〇〇〇〇円〜二六〇〇〇円）で、『澁澤龍彥集成』（当時一冊九八〇〜一三〇〇〇円）ですら即座の購入をためらった者としては、『乱歩全集』（当時六九〇〇円）や「大ロマンの復活シリーズ」（六八〇〇円から七五〇〇円ほど）とはとても同列でない。また「一千一秒物語」とその同傾向作品くらいにしか興味のない自分にはとてもこれを全巻揃えようという心意気など持てない。しかもどちらかといえば怪奇をより好んだ当時の私には、ファンタスティックではあるが怪奇味のほとんどない（実は「お化けもの」も足穂にはあると後で知ったが当時は知らない）足穂の奇妙な短編にはまだまだ執着が足りなかった。

すると、「一千一秒物語」以外で本格的に足穂の真価を知ったと言えるのは、大学入学以後、中央公論社版の『日本の文学　第三四巻　内田百閒・牧野信一・稲垣足穂』（一九七〇）収録の「フェヴァリット」「地球」「白昼見」「弥勒」「誘われ行きし夜」「山ン本五郎左衛門只今退散仕る」「A感覚とV感覚」を読み終えてからということになる。

この作品選択は三島由紀夫によったもので、同巻は解説も三島が引き受けている。その特に足穂と百閒に関する部分は今も古びない大変な名解説で、後に足穂と百閒の再刊本それぞれの巻末解説や帯文に該当部分が抄録されたり、作家特集に再録されたりしている（牧野信一に対する三島の評価は前二者に比べると低く、それはこの中公版『日本の文学』全巻構成の編集方針から足穂・百閒とともに牧野も同一巻に収録することとなったので解説者の義務として言及だけはしたものという体裁に見えた。この全集全体の編集委員の一人であった三島もその収録に同意はしたものの、本人としてはできればこの巻は尊敬措く能わざる足穂・百閒の二者だけにしたかったらしい意図がうかがえる口ぶりである)。

そこには「もっともみごとな透徹した要約」として種村季弘による足穂論の一節も引用されていて至れり尽せりである。

さすがに足穂の『少年愛の美学』を日本文学大賞に推薦して受賞させ、その後の足穂のブームを惹起させた人の仕事だけあって、大変見通し良くうまい選択であり解説である。この一本筋の通った道案内なしには足穂の作品という、秘教的なのに茫洋とした世界に踏み込もうという気にはなかなかなれなかっただろう。膨大な足穂世界のミニチュアとして、見やすい地図として、もうひとつ言うなら、わかり易く取り付きやすいお洒落モダニズム都市文学だけでない足穂の価値の方を主に伝える、この三島選・解説の足穂集は最小限度の枚数でほどよく手軽にその最上の部分を教えてくれたと思う。

なおこの作品集の月報には「タルホの世界」と題した、澁澤龍彦と三島由紀夫の対談も掲載されており、三島の足穂への思い入れの深さがわかるとともに、むしろこちらには三島の本音的感懐が語られていてこれまた面白く貴重であった。たとえば尊敬しつつも「逢わずにいたい人」という発言などがそれだ。ただ三島はここで「近く自分は大きな愚行を演じるかも知れないが、それをさかんに嘲るだろう人たちの中にあって、稲垣さんだけはたった一人わかってくれると信じている」(要旨。これは三島が自決する半年前の言葉である)と語ったが、彼の思惑は外れ、その「愚行」の後に、足穂は「三島ぼし隕つ」を発表し、にべもなく三島を否定した。今思うとなにやら切ないことだが、しかしそういう仲間意識的・情念的な期待には一切応えないのが足穂なのである。

この本を手に取る頃には足穂に少年愛や形而上的事象への言及が夥しくあることも知っていたが、その同じ足穂に「お化けへの深い興味」もまたあったとはこのときまで知らなかった。この集で初めて読んだ「山ン本五郎左衛門只今退散仕る」はそのほとんどが『稲生物怪録』の引き写しであるにしても、実に面白いひと夏のお化け物語で、この楽しさの記憶が後の私に『神野悪五郎只今退散仕る』を書かせることとなった。なお、「山ン本五郎左衛門只今退散仕る」は、「懐かしの七月」と題された異稿もあって、この題名こそすべてを言い当てている。ただ、中公『日本の文学』版では原典引き写し部分全編が漢字混じりカタカナ表記になっていて、これを読むのは大変骨が折れた。

この三島編足穂作品小選集により、稲垣足穂は、都市と天体のファンタジー、飛行機・機械への憧憬とともに、常にオブジェ・玩具と形而上的比喩を用いて少年愛の奥義を語る作家、そして自身の現実にあった驚くべき苦境を自然主義的・世間常識的な語彙や怨恨・被害感情吐露一切なしに、どこまでも憧れを第一義とした口調であたかも寓話のようにして伝える作家、加えてお化け好き、という意味が私に定着した。

その後、潮出版社刊『多留保集（稲垣足穂作品集）』全八巻別巻一（一九七四〜七五）、河出文庫による稲垣足穂作品集全十二巻（一九八六〜九六）、および高橋康雄編による単発テーマ別足穂作品集が出版社をまたいでいくつも刊行され、それらを読み続けていた頃、「今度、『幻想文学』

誌で『タルホ・スペシャル』という別冊を出すのだが、そこで現在読める七十作品ばかりをテーマ別に紹介してくれないか」という東雅夫編集長からの依頼があった。一九八七年のことと手元の資料にある。

今ならその煩雑さからとても承諾はしない仕事だが、当時は物珍しさと、現に読み続けているものへの興味から快諾し、これを奇貨として未読の作品も大方読破した後「足穂作品入門ガイド」を書いた。以下にその前文だけ引用してみる。

タルホガイド前口上

「ふん、A感覚ね、」とスカしてるお兄ちゃんにも、かつて「え 何、このイナガキ・アシホって、誰?」と言っていた日々があったのだ。何事にも初めがある。一方「足穂ならばもう知っている」と言う人がいたらそれは偽物である。本当に優れたものがそうそう安易に分かってたまるものか。何はともあれひとつひとつを読むことからそれは始まる。これから足穂を読もうとするあなたに送る、究極のスーパー親切足穂作品ガイド。ここに挙げたものを読み終えたとき、あなたはいかにしても足穂の総てを知ることが出来ないことの喜びを得るであろう。

このあと、「少年とA感覚」「飛行機」「宇宙」「自伝と自注」「少女と美学」「ファンタジー」「怪奇幻想」「フェヴァリット」という区分によって代表的な小説・随筆七十作品を紹介している（ただし当時入手しやすかった作品を優先してとりあげた）。作成のため、このときまではあまり多くを読んでいなかった「飛行機」の分野を知ることができたのが私には収穫で、ほとんど飛ばず、落ちるばかりの初期の飛行機へのおかしくも虚しい愛の有り様が、地上離れの心持ちの今ひとつの現れとよく納得でき、これが大正時代のモダニズムというものだろうとも思った。

ただ、この大仕事を成し遂げた後の私は至って不勉強で、筑摩書房版の全集（二〇〇〇～〇一）完結の後も、完全に全作品までは読み切っていない。主要作品の大半は繙読したつもりだが、ただ、足穂の書くものは「一千一秒物語」以外、最初の印象に等しく大抵いつもどこか散漫で、恣意的で、そのゆえか何度読んでも記憶しにくく、かと思うと同じ事象の報告の繰り返しが極めて多く、やはりときに退屈で、集中して読み続けることがなかなかできにくい。だがその退屈さも、何かの理想への接近のための逆説的な手続きであると思えば仕方のないものかもしれない。

ところでこれから足穂の代表作を読もうというなら、最も手軽な一冊として新潮文庫版『一千一秒物語』とちくま文庫版『ちくま日本文学016 稲垣足穂』が現役である（少し前までは簡単に買えたちくま文庫版『稲垣足穂コレクション』全八巻は現在品切れとの由）。が、それらと別に、新刊では手に入らないものの、一冊でより多くを、という希望に応える、かつ、私のフェヴァリットの一巻本があって、新潮社版『稲垣足穂作品集』がそれだ。これは一九七〇年に初版が出て（私が入手したのはその十年ほど経った頃）後、二十年くらいあとに再版、さらに同じ組み方の本文、別の装丁で沖積舎からも再刊しているが、もし手に入るなら初版をお勧めする。山本美智代によるやや特殊な装幀で、青と緑の混じる七宝焼の写真を表裏に用いたつやのある銀色の背の箱に入っていて、本体表紙は少しざらざらとさせた鮮やかな青色のビニール装に銀の文字と装飾図形が描かれ、見返しも銀色である。箱にも本体にも「WORKS / OF / TARUHO / 稲垣足穂 / ★作品集★」という背文字が五段に分けて横書きになっている。『足穂大全』のように大判でなく四六判だが、本文二段組で、現在からすればいくらか文字が小さめであるものの、そのおかげで長編随筆『少年愛の美学』まで含めた代表作のほとんどがこの一巻に収録されている。

装幀をやや特殊と言ったのは、この表紙に触れるとふわふわと柔らかい点である。表紙および裏表紙の、芯となる厚紙とビニールの間にスポンジか何かが入れてあって、そのため押せば少し凹み、離せば戻る。さらにはそのビニールが特有の人工的な匂いを放っていて、私の所有するこれは現在でも四十数年前と変わらず、箱から出すととても鮮烈な、そしてハイカラな香りがする。

先に告げたように、これは一度完全に品切れとなってから長らく経、九〇年代くらいに見かけ上ほぼ同じ装丁で新潮社から再版されているのだが、このとき、青い表紙ビニールの下にスポンジは入れられなかった。またあの不思議な香りも再版ではほとんどしないようである。一方、沖積舎版は、内容は同じ、箱・本体とも堅牢、立派であるものの、こちらに新潮社版の瀟洒さハイカラさはない。

ということなので、もし古本屋で新潮社版初版を見かけることがあったら表紙を押してその手触りを確かめ、また香りを知っていただきたい。

『多留保集』の表紙・箱に用いられて以後、まりのるうにいの絵が足穂的世界を描く絵としてよく知られるようになったし、私もまりの氏の絵こそ最も足穂に似合うものという意見には強く同意するが、『多留保集』以前、きわめて人工的で清々しい青と銀と、そして不思議な香りと手触りのこの本が、私にとっての足穂的モダンの原点である。

（B）

折口信夫は、歌人・釈迢空として、これまた父の所蔵する筑摩版『現代日本文学全集』中の一巻によって、名だけは知っていた。が、実際にその作品に触れたのは大学在学中、詩人・高橋睦郎によるアンソロジー『エロスの詩集』（潮新書、一九七七）の収録作「掏児《すり》」が最初である。

この『エロスの詩集』は題名通り性愛をテーマとする詩歌を選んだものだが、目次を見ると、

「エロスを求めて　エロスへのエロス」
「自分が愛おしい　ナルシシズムのエロス」
「願うは君の微笑《ほほえみ》　騎士道的なエロス」
「肉欲をみつめる　官能的なエロス」
「苦痛の中の悦び　サド・マゾヒズムのエロス」
「同性への熱い涙　ホモ・セクシュアルのエロス」
「なやましき自然　宇宙のエロス」

「天上にはばたく　聖なるものへのエロス」
「地獄に魅かれる　悪魔的なエロス」
「最後《いやはて》の生の焔《ほのお》　老いのエロス」
「死に克つ愛の力　復活のエロス」

と、これだけに分け、非常に広い意味でのエロティシズムを歌う詩歌を網羅した名著である。沼空の「掏児」はその中の「同性への熱い涙」の章にあり、高橋氏による解説では「無頼の世界に生きるものへの関心が一種同性愛的な匂いを以て描かれる珍しい作品」とあった。形式は長歌で、末尾に反歌として二首短歌が添えられている。

この後、沼空の短歌の数々を読むことになるのは、こちらは塚本邦雄の批評による案内があってのことだ。

だが、折口信夫の方の名となると、文学者としてよりは、高名だが特異な民俗学者という意味合いを先に知ったし、それはこの人の業績から考えても妥当なことである。とはいえ、本来は明晰たるべき学問の徒としてはなにやらひどく薄暗く、その師、柳田国男ほども見通しがよくなく、というより大変に隠秘学的で、たとえば足穂とは別の意味で、またさらに秘教的な思想を残した人に思えたし、どことなく不穏あるいは不吉な、あるいは陰惨な印象さえ予感され、その印象は沼空のいくつかの歌や先の「掏児」など、下降することへの憧憬の傾向を持つ詩歌を知ることで一層助長された。

そのうち、折口信夫名義による小説『死者の書』が幻想文学の名作、とされていることを知って読んでみると、確かに大変なものだと納得はしたが、しかし、何がこんな異様な世界を創造させるのか、なかなかそちらの方の必然がよくわからない。言葉遣いや仮名遣いも特殊であるし、じわじわと何かが来る強烈な気配ばかりあって、「実際」とか散文的な「出来事」がまるで問題外にあるような様子である。西洋の作品でならジュリアン・グラックの『アルゴールの城にて』にいくらか通うような書き方と思う（ただし『アルゴールの城にて』はシュルレアリスムとゴシッククロマンスという理念・先例をもとにしているのでその歴史的・文学思想的必然に不審はない。『死者の書』は先行する思想・実践例もなく突然出てきた異形の作品のように思えてならない）。

この違和感を「古代人の心の創作的再現である」というように説明されるとなんとなく腑に落ちはするのだが、しかし、紛れもない近代人の折口信夫が、いかに古代文献を渉猟し尽くしていたとしても、それでどうして古代人の心の裏側までを自らの掌をさすように再現できるのかが不明で、実のところ、フィクションである『死者の書』を「古代人の心の再現」とする意見そのものがやはりフィクションであり、さらには折口が学問として提出し続けた「古代人の心」というのもやはり近代人折口が作り上げたフィクションであろうとしか考えられない。その前提の限りにおいて、我々と隔絶した精神世界をこれだけ生々しい肉感を伴って描き出すことができたのは恐るべき能力であるとは思う。

ただ、『死者の書』が未完であるところからも、私として「とても凄いが究極のところはよくわからない」というべき作品なのは今も変わらない。同じ未完の不穏な名作でもたとえば国枝史郎の『神州纐纈城』などは「とても凄いし究極のところもどうにかわかる気がする」のであるが(むろん、わかる気がしようがしまいが価値の高さは同じである)。

今も依然、この「よくわからない異様な薄暗い天才」が「古代人の心」を我がものとした根拠は知れないものの、しかしながら、彼の別の自伝的小説によって、作家としての折口信夫による意識の方法の一端、その発想の系譜はいくらか掴んだ気がしていて、それは評論『無垢の力』とそのもととした学位論文に記したとおりである。

そして、この折口に関する私の発案がまたも、江戸川乱歩との関連によっている。

折口信夫の自伝的小説とされる『口ぶえ』は、明治後半くらいの旧制中学を舞台として男子生徒同士の恋愛を描くもので、柔弱で短歌的・芸術的な世界を愛する主人公は硬派風な年長の生徒に言い寄られる。だが、容姿は悪くないものの、歌心を解せぬ彼の「剛《こわ》い心」「むさい心」を嫌って避け、自分と相同の繊細・内気で心やわらかな美少年と愛し合い、二人で高い山に上り、遂に心中しかかるところで途絶し、未完である。

これを読んで驚いたのは、その未完の末尾に至るまでの少年愛の経過が乱歩の自伝的随筆「乱歩打明け話」に記されたそれとほぼ同じであったことだ。乱歩もまた、硬派的な相手に言い寄られるが結果的には離れ、その体験とは別に、自分とよく似た心性の内気な美少年とプラトニックに愛し合った、それが自分にとっての真の恋愛であった、その後の恋愛はすべて偽物の気がする、というようなことを告げていた。

折口・乱歩とも、一方は民俗学および短歌での、もう一方は探偵小説での、いずれも大家であるが、この二人が親しく交流し、経験を共有していたという記録は今のところない。そのやや離れた世界にいた二者が、少年愛にかかわる同じ物語を残した経緯についての考証は『無垢の力』に記したので該当部分を引用する。

むろん、こういう場合は、どちらかがどちらかを模倣したということも考えられる。発表時期を見ると、『乱歩打明け話』が一九二六（大正一五）年九月「大衆文芸」に掲載、『口ぶえ』は一九一四（大正三）年三月二四日から四月一九日「不二新聞」に連載、と、ともに各全集にある。乱歩の随筆の発表は『口ぶえ』に遅れること十二年。ならば、かつて乱歩は『口ぶえ』を読んでおり、それを自分の体験の名のもとにフィクショナルに語り直したということも考えられないではない。

ただ、『口ぶえ』は、宮武外骨編集による「不二新聞」掲載以後、単行本化されることがなく、ようやく一般に知られるようになったのは折口信夫の死後、全集に収録・刊行（当該作の収録された巻の刊行は一九五五年）されて後であること、また、男色文献の収集において乱歩と最もよく交流のあった友人、岩田準一（一九〇〇〜四五）の残した労作『男色文献書志』（「序」として乱歩による岩田に関する既出の文が再録されている）の大正三年の項にも『口ぶえ』は記載されていないことから、乱歩もまた、一九二六年段階ではこの小説の存在を知らなかった可能性が高い。あるいは他に両者が参照した別の物語があったのかも知れない。私としては模倣であろうがなかろうが、それはどちらでもよい。とにかく、全く分野の違う二人の書き手が、非常によく似た物語を語ろうとしたという事実に、興味深い、しかし神秘的ではない、ある示唆を感じるのだ。

互いに似た物語になってしまうのは、当時、「少年同士の恋愛」という物語を通した自己愛の表出に、そのような語りの順序と構造が不可欠だったからではないかということである。

（『無垢の力』第3章「憧憬の成立―江戸川乱歩『乱歩打明け話』」第1節）

と、ここから私の唯一の本格的評論『無垢の力』の論理が立てられるのだが、後は本編をお読みいただきたい。この奇妙な一致、というより、この特定のストーリーへの、個を越えた複数著者による執着が、「愛された美少年が愛する側となる過程」の定形となって、近代日本・明治大正期特有の少年愛文化を形成したのではないか、その定形を最も明確に提示した最初期の作品が折口信夫の『口ぶえ』ではないか、と考えるものである。

が、実は折口の『口ぶえ』も単独に突然現れたものではない。その第一回発表の一年前である一九一三（大正二）年、『三田文学』主筆であった永井荷風の推薦により同誌一月号に山崎俊夫の「夕化粧」が掲載されている。多くの男性に言い寄られ身を任せてきた美少年二人が、自分たちは到底二十五より先は生きられまいと世を果敢なんで心中する、という物語だが、ここにはまだ江戸の稚児趣味が濃厚で、果敢なく死ぬ美少年たちをより悲しげに美しく描くことだけに修辞が駆使されている。ここからもう一歩、批評的な意識によって明治以後の「日本男児」的暴虐への、繊細さからの抵抗を抽出し延長すると『口ぶえ』ができあがる。自らの同性愛を自覚し耽美的な文学には一際敏感であったはずの折口青年が、当時の文学青年ならまずひととおり目を通しただろう『三田文学』に掲載の「夕化粧」を読まなかったとは思えない。

なお、明治・大正期の、男性同性愛と死、美少年と死、という物語の隆盛は、明治政府に一時期加わって世上の倫理・風俗をも左右した薩摩藩士らが、武と愛の聖典とした物語『賎《しず》のをだまき』(作者不詳。一説に女性の手になるとも言われる)から続く流れであろうことは容易に想像がつく。年長・年少の武士二人が愛し合い、ともに戦死するまでを理想として物語る『賎のをだまき』に見られる前近代的な「ともに死にゆく強い男たち」への礼賛から、積極的な「弱さの美」の肯定による美少年礼賛への思想的移調の経過が、『賎のをだまき』『夕化粧』『口ぶえ』と並べたさいにはよく見て取れる。が、これまたこの後は『無垢の力』を参照していただければ幸いだ。

こうして作家としての折口信夫は、私にとって、近代美少年的自己愛形成のパイオニアという位置を得た。その少しあとに、折口のそれに見られる溢れんばかりの情念をすべて排除し、モダニスティックに抽象化・理論化するのが足穂である。

この二者は、一方が天上へと突き抜けるような陽性の明るさを持つのに対し、もう一方は地の底深く降りてゆくような陰性の暗さで際立つ印象が私にはある。

稲垣足穂が残した名言が「地上とは思い出ならずや」(『白昼見』より)であるなら、折口信夫の残した最も印象深い言葉は「執《しゅう》深くあれ」である。この「執深くあれ」というのは、折口の数少ない(唯一の?)女性の弟子の一人である穂積生萩《ほづみなまはぎ》に伝えたとされる言葉で、穂積自身が山折哲雄との共著の題名にも用いている(『執深くあれ――折口信夫のエロス』一九九七)。

折口と乱歩がそうであったように、折口と足穂もおそらく、思想的にも文学的にもあるいは実際にも、ほとんど接触はなかっただろうと思われるが、しかしながら、両者ともに、明治の少年がいかにして自己愛を知り、その愛をもとにいかにして美意識を育てるかを、非常に細やかにあるいは広い視野で伝えている。ならばここでも、別々にあった彼らに同形の思考をうながした、ある文化背景を考えねばならない。現在からすればいくらか特異な、この明治大正の美少年礼賛文化は、敗戦後はあまり表面に現れなくなったものの、潜在的可能性だけは連綿と続き、現在の美少女礼賛文化の雛形となったものであろうと私は考える。

ところで、折口信夫の、戸籍上の読み方は「おりくちのぶお」であるという。これをある時期から本人が「しのぶ」と読ませ、それを皆が踏襲したとされる。さて、山崎俊夫の「夕化粧」に登場する美少年の名は一人が市彌《いちや》、もう一人が信夫《しのぶ》である。この二人の名が掲載時、角書《つのがき》（題名の上に二行に分けて書くもの）となっていた。同じ「信夫」の文字を、本文でのふりがなでは、はっきり「しのぶ」と読ませている。

折口がこの「夕化粧」を読んだのであればおそらく大きな影響を受けただろうし、一年後の『口ぶえ』の執筆もこのあたりが動機になっていないとは言えない。はたして折口信夫《のぶお》はいつから「しのぶ」になったのか、今のところ証拠はないが、山崎の美少年心中劇「夕化粧」に魅せられ、その美しい登場人物が偶然にも自らと同じ名を別読みで持っていると知ったとき、信夫《のぶお》は自らを「しのぶ」と呼び習わすことに決めたのではないだろうか、というのが私の想像である。

tA ruphoic（一）モダニズムという不遜な作業

日本でモダニズムの時代とされるのは一九二〇年代から三〇年代ほどだろうか。個の自由を可能にする都市生活への憧れ、科学の発達という魔術が一気に人間生活を改変してしまうことへの期待、人工物と新奇なものの愛好、そして、それまで人々を従わせてきた過去の序列・権威・慣習・方法への拒絶、概ねはこんな傾向の表現者たちが旧来の流派と激しい争いを演じた、と聞く。

「先人を敬う」「伝統を重んじる」「名誉を受け継ぐ」、加えて「分を知る」といった姿勢に真っ向から対立するモダニストなのであれば、守旧派との葛藤は激しくならざるをえまい。過去と現在とを断絶したものとして先行者の優位を否定する「前衛芸術」の発想が初めて日本で実践されたのがこの頃なのだ。その場合、最終的には起源とオリジナルという思考法をも拒否することとなる。なぜならば、先行者たちの優位の根拠は、過去に存在しその継続によって現在を規定する「起源」や「オリジナル」に後続者より近い、という論理だからだ。とはいえ、文化として語られる「起源」も「オリジナル」も、事後的な都合から権威として語られたものでしかない。

モダニスト稲垣足穂は偽物やレプリカ、玩具や不完全な物体の一部ばかり愛した。それは、「起源」と「オリジナル」の、あるいはまた、一方的に中心を決定された「全体性」と、その中心決定の理由として告げられる「真理」の否定でもある。

ここに今、私が手にしているありあわせのもの、それによってこそ未来の表現を創るのであって、誰か偉い先生に習うことで秘伝を分け与えられ技を磨くのではない。

予め無理のある、そして無理は承知の発想だ。だが、こうした権威の否定がないと、過去の規範という理念によって容易く足をすくわれ、偉そうな人々からくどくどと聞きたくもない説教をくらうことになる。

モダニストにとって、先行する者は権威ではなく、素材でしかない。今この私の表出意志だけが始まりである、とする意識の強さによりモダニズムの度合いが異なる。足穂は徹底していた。

こう考えると、たとえばルーティーンな「評価決定」の機能を拒否しそれ自体が作品であろうとする種類の評論は、「テクスト」という、世にオリジナルと思われている素材を勝手に用いて新たな何かを創り上げるモダニズムの作業ではないかと思われてもくる。その場合、ないがしろにされた「テクスト」の作者からの怒りを買うことがしばしばある。

ところで最近、新国立劇場でヴァーグナーの「ニーベルングの指環」序夜から第二夜までを見た（その後、終結編の第三夜まで見終えたが、感想は以下と変わらない）。

原作がもとにしたとされる北欧神話的なヴィジョンからはかけ離れた演出で、至る所原作との断絶があり、ときに滑稽であり、ときに馬鹿馬鹿しく思われるところもあった。だが、神話伝説風としてなら容易に想像のつく場面がいかなる珍奇なものに変えられているか、という興味、次に何が出るか予想できないことによる期待は上演中、常に持続した。

もし足穂がこれを見たら、全面的ではないだろうがどこか見どころを発見するのではないかと思う。人工的でカリカチュア的な、統一されず分散的で、玩具箱をひっくり返したような演出だ。

そして、案の定、「演奏はともかく、演出がひどすぎる」と言い、オペラの演出家は常に「作曲家の意図」の忠実なしもべであれ、と執拗に難じる「通」らしい観客の言葉がネット上ほかにいくつか見られた。

私もできれば一度は、ある種のロールプレイングゲームのように統一的な様式で綿密に構築され、風刺もパロディも不協和もない、徹底したファンタジー風演出での「リング」の実演を見てみたいと思う（だが、ならば舞台より、音声はオペラのそれを用いつつＣＧを多用した映画としてやってほしいとも思う）。かつてのメトロポリタン歌劇場での演出にそれに近いものがあったと聞く。ＤＶＤ化もされているようだ。またそれは、アメリカの劇場であるゆえの、ヨーロッパへの憧憬意識が一度はそういった「先祖がえり」をもたらしたのであり、ヴァーグナーの「リング」に関して現在、本場でその種の演出は皆無である、という報告を聞いたこともある。

例の「通」の観客もこよなく愛するという、このメトロポリタン型演出は、それはそれで楽しそうだが、ただ、呆れるほどの確信をもって「作者の意図に忠実に」と告げる評者の口調の頑迷さ狭量さが、その意見への直接の同調を私に拒ませた。いまどき「作者の意図」を一元的に決定でき代弁できると考えるナイーヴさ安易さにも嫌気がさす。シリアスな神話風演出だけがオリジナルであるとして、それも選択肢のひとつでしかないことを認めようとしていない。

そこからはたとえば、「サヨク」の人々がしばしば行う確かに非難されてしかるべき愚行だけを大きくあげつらうことで「民主主義的発想」すべてを得々と侮蔑嘲笑し続ける人々、あるいは、十九世紀的規範による「文体の美」を称揚することでほとんどの「同時代の文学」を品のない劣等作と否定し、自らは「孤高の耽美家」を演じて優越感に浸る人々の思考停止に等しいものが思われた。

私自身も敢えて「時代遅れ」を標榜するところはある。何より前衛だけを可とはしていない。ひたすら新奇に尖ることよりは愉しむことを求める。陶酔が好きだ。

だが、陶酔させてほしいと望んでいた人が、望むだけにとどまらず「見苦しい前衛を追放せよ」と告発し始めたとき、その思いあがりを許すことは私には難しい。現在に先行する起源という幻影を根拠に「オリジナル」の規範を主張し、あまつさえ作者という神への信仰を強要する人々への嫌悪をなくすことはこの先もないだろう。

自分をモダニストと自称する気はないのだが、ときにこうしたマイナスの形で現れる選択によって私はモダニズムを肯定する。モダニズム的な機械への偏愛について記そうと思って始めたが、「序夜」で終わってしまった。続きはまたいつか語ろう。

tA ruphoic（二）　未来への不安をやり過ごすということ

稲垣足穂は時間の止まったような懐かしさだけを記そうとしていたと思うときもあるが、よく読めば違う。一九二〇年代、足穂は機械と科学が作り出す夢のような未来を本気で信じた。懐かしさではなく、今にも実現しそうな希望だった。しかも人類史上初めて、人間が神に頼らず人間の限界を超えるかもしれないという誇大妄想のような希望だった。

足穂は現実にある街並みの僅か向こうに空中都市を見たが、僅か先、と思えたのも当時は嘘でないだろう。

だがそれらの希望はしばらくすると急激に崩落し、確かに何かの限界を超えはしたものの、科学と技術のもたらす無残な結果ばかり見せつけた。江戸川乱歩の「芋虫」はその典型である。足穂と乱歩は夢のあとさきという意味でも表裏一体と言える。ただ異なるのは乱歩の悪夢が空想的ながらも深い怯えという現世のそれに近い重みを持ったのに対し、足穂の夢想は遂に実現もその兆しもない、軽く空虚な夢の亡骸に終わったことだ。

だが足穂の記した夢想の輝かしさはあまりに度を越していたため、そこから別の、本来の未来が枝分かれしているかとさえ感じさせるものとなっている。

今や足穂の語る未来は「懐かしい未来」となり、時間の軛に律されることなく、驚異と喜びの瞬間だけを造形しているようにも見える。そこでは真新しい玩具を手にするときの喜び、不思議な仕掛けを隠した機械を開くときの期待が永続する。

そういえば足穂は、ドストエフスキーの『悪霊』の中で、ある知事が精巧なミニチュア紙細工の町を作ることでたびたびの危機をのりきったというエピソードを絶賛していたと記憶する。『少年愛の美学』での記述だったか。

なお、『悪霊』は私も読んだがそういったところはほとんど憶えていない。だが足穂はそここそが『悪霊』の価値だと言う。いくらなんでもそれは偏りすぎ、と思うわけだが、実は大抵の読者はこういう読み方をしているものである。自分もそうだ。

自分都合の読みは誰しも当然として、ただ、それだけでない読み方ができるかどうかが読書人か否かの分かれ目とも思う。

ということはともかく、人は何かに熱中していないと不安でならないときがある。

足穂の書き残したヴィジョンと異なり、目の前の現実から予想される未来は必ずしも輝かしさばかりを伝えない。ときに暗澹として、ときに逃げ場が見いだせず、またときには破局の予感と希望の消滅をありありと指し示す。

だがそんなさいにも、たとえば何か作ることを考えている間は過酷な情報の過酷さに気付かず素通りできる。しかもそうしてしまえばなんとかなるときもあるものだ。十分にすべきことをなした後に、なおどうしようもないときは、もはやいかに心痛め配慮しても駄目なので、それで助かるとすればほぼ運である。いずれも自力でどうにかなるのでないのだから、途中、破滅の不安は別のことでも考えてやり過ごせばよい。とすれば意外に賢明な心の向け方と言える。打ちひしがれそうだった彼にとって、そこには別の望ましい、しかも自ら手作りの未来があり、それを眺めることで今を耐えた。

二〇一〇年にＮＨＫで放映された連続ＴＶドラマ「ゲゲゲの女房」で、漫画家・水木しげるが追い詰められ、まるで先のない状況にいたとき、ひたすら軍艦の模型を作っていたというエピソードは足穂の指摘した『悪霊』の知事とそのまま同じだ。

水木先生の場合、自作を描くことも同じような集中対象だっただろうが、その創作自体が難しくなったとき、軍艦模型制作で渇をしのいだというわけだろう。

模型というところに「ここからの逃避」を読むことは可能だが、しかし「逃避」と言った段階で負けである。いや、それほどにうまくいっていない人は予め負けてはいる。いるが、しかし、そのおりの営みを逃避という分かり易い箱に入れて貶め、多数の人々の無造作な意見に平伏してしまうのではなく、より大切なことのために、理不尽な強い不安から目をそらす工夫、と言いなおしたらどうだ。

水木しげるの場合はそれがよく展開された例で、水木先生は、自らのひどい生活状況と先行きの不安を、模型制作という手段によって少しだけ棚上げにすることで実人生から距離を保ち、豊饒な作品群を生み出した。それをただ逃避によって、と言うのは間違いである。

むろん、究極、漫画も絵画・音楽も小説・詩も映画も芝居も、あらゆる表現は逃避、という身も蓋もない言い方をしない上での話だが、とりわけ創作を続ける人にあっては、一見逃避に見えることでも、それが当人にとって本当に必要な創作を促すための準備であるという場合は少なくない。

往々にしてそのとき用いられるのが玩具的なものだ。足穂は「われわれが模型工作に熱中するのは、そこに一つのイデーが、ともかく模型的に把握されていて、そのことに依って実物以上の魅力が唆《そそ》り立てられるからであろう」とまで記した（「ライト兄弟に始まる」）。

ところでさて、私も以前やや得意だった粘土細工など再び始めてみようかと、ふと思ったりしている。

註　これを書いたのが二〇一一年三月八日である。このあと、三月十一日の大震災があった。それによって室内がひどく混乱したが壊れたものは多くなく、しばらく不便はあったものの、自分にも家人にも怪我はなかった。しかし、震災のさい、福島の原子力発電所が緊急管理の不備のため大事故を起こし、その結果、多くの地域に放射性物質が降った。私たちの住む地区にも、直接は見えないながら何かは後に残るだろう影響を及ぼし、その実態がある程度明らかになるまで多くの人々が強い不安の下にいた。私が右のような記事を書き、またそのときなんとなく慌ただしいような気がしていたのは予感というべきものだっただろうか。

shino B uic（一）下降する美童たち

『折口信夫事典』の「略年譜」、一九〇二（明治三五）年の項に「五月三日、父急死（50歳）。校内の文学会で中学生の惰弱を戒める『変生男子』を演説」とあって、以前から気になっていた。しかも同年、「暮れに自殺未遂」、さらに翌年にも「三月初め、自殺未遂」とある。

「略年譜」に振り仮名はないが「変生男子」とは「へんじょうなんし」と読むものであろうし、とすれば仏教に由来する語だろう。そもそもの仏陀の意向は知らず、少なくとも日本において仏教は様々な差別の起源を提供してしまった宗教で、その根拠は何より輪廻転生という発想による。よい行いをした者は来世でよりすぐれた存在として生まれ変わる、という世俗への、これをしも方便と言うべきなのか、本元の哲理とはかけ離れた教えが大々的に人を導き、その結果、逆に、現在貧しく賤しく困難な状況にいる者の苦境はつまり前世での悪行の結果であり、そのいわば罰としての苦しい生はそれも当然とするという、何やら昨今のネオリベに近い冷酷な態度を引き出す。

むろん仏教にはその線に従ってではあるが多くの慈悲と救済案が用意されている。ただ、前提となる現世の身分差別、そして性差別に異議をはさむものではない。その性差別の典型として「変成（生）男子」という発想があり、女性はそのままでは悟りえない性だが、善行を積めば来世、男子に生まれ変わることで成仏も可能となるとした、これを変成（生）男子と呼び、性を序列として捉えるところからきた、和製仏教による極めて差別的な「女性救済案」と私は認識している。

この背景を知って考えれば、おぼろげながら、当時の少年折口の語った内容も想像できそうだが、記録のない事実に関する憶測はやめておく。ただ、「中学生の惰弱を戒める」という、きわめて硬派的たるべき目的の演説にさえこのような「性の変更」に引きつけた題名をつけたところ、その延長線上に、折口の自伝的小説「口ぶえ」が見えてくるのも後の世の読者としては仕方あるまい。ただ、折口は後に自己が「男性同性愛者」であることを自認し半ば公然とそれを表わしもしたが、「異性装者」や「性転換願望者」ではなかったと聞いている。ところが、「美女」そして「美少年」の位相が当時は現在とやや異なっていた。詳しくは『無垢の力』に示したとおりだが、たとえばそれは折口もまた必ずや熟読したであろう、山崎俊夫の諸短篇を知るなら容易に了解されるに違いない。

そのひとつ「夕化粧」では、二人の美童がこんな会話を交わしていた。

「だけど信ちゃんもあたいも何故女の子に生まれなかつたんだらうね」
「どうして」
「どうしてつてこともないけど、あたいたちは女の子のやうに暮してきたから」
（中略）
「女の子に生まれちや何にもならないぢやないか、僕等の生きてゐた甲斐がないじやないか」
「何故……」
「そりゃ市ちゃんにだつてわかつてるぢやないか、女の子が女の子らしく暮したんじやなんにもならない、あたりまへのことじやないか」

この会話について『無垢の力』では以下のように記した。

美少年が敢えて少女のように振る舞うからこそ特権的・特別なのであって、いかに美しくとも女が女の態度を取るのでは『特別』になりえない。

そして、二人の美童は、その生とさえ引き換えに、どこまでも特別の美にあろうとし続ける。それは折口が演題とした理念とはおそらく逆の道筋から「変生男子」を遡って見せたことではないだろうか。

山崎の「夕化粧」発表は一九一三（大正二）年、折口が宮武外骨発行の『不二新聞』に「口ぶえ」を連載する前年にあたる。この当時、女性への一般的意識はおそらく現在と相当異なり、先に述べた仏教的な差別をより深く組み込んだものであったはずだ。その前提の上に、敢えて女性という（当時考えられたところの）「劣った性」に下降接近しつつ、美しい少年がその擬態として被虐的な美を誇ることが「耽美」の様式として有効だったのだろうと、現在の私には想像される。それは折口の「口ぶえ」の主人公がひたすら下降する情緒に生きようとする志向とも同一の美意識にあった。

例の歴史的な性差別があってのことではあろうが、私にはどうも、大正から昭和初年くらいまでの「美」の基準が、ある演技性を大きく組み込んだものとして映る。しかもその、より遠くには寺院等での千年近い歴史を経た「稚児」が、一方また、より近くに眼をやれば、演じられるものとしての「メイド」のたたずまいが、透けて見えるようにも思う。

★折口信夫「口ぶえ」／安藤礼二編・折口信夫著『初稿・死者の書』（国書刊行会）所収
★山崎俊夫「夕化粧」／生田耕作編『山崎俊夫作品集・上巻〈美童〉』（奢灞都館）所収

shino B uic（二）男性を学ぶ学校

齢のころは世に団塊の世代と呼ばれるくらいの方だったと記憶する。何名かで談話中、戦前の中学・高校での少年愛の隆盛の件に話が及んだとき、「そんなもの、当時の校則でも禁じられていたくらいなんだから真剣な問題として語る価値はない」と言い出す文人がおられた。

そうした話が続くのを心底厭うての発言と見受けられた。

だが「校則でも禁じられていた」という言葉の根拠が事実であれば、それこそ、校則で禁じねばならないほど、戦前、学内の少年愛がポピュラーな事象であったことが逆に証されている。学生同士の少年愛の実践がもはや例外的な事件でしかないと見られている現在、それをわざわざ校則で禁止している学校はおそらくない。そんな暇があるならば、中高生の「不純異性交友」の方をこそ取り締まらねばならないというのが敗戦後日本の発想であった。

折口信夫、江戸川乱歩、稲垣足穂、山崎俊夫、南方熊楠、木下杢太郎、堀辰雄、武者小路実篤、川端康成、三島由紀夫、福永武彦、加賀乙彦、こういった作家たちが幾度かテーマにし、密かに、ときにあからさまに、語り続けた戦前の、少年たちの愛の園を、ストレートの方々はさぞ厭わしくお思いだろうが、実のところ、そのストレートらしさは明治時代にはまだ形が定まってもいなかった、たかが戦後の風習である。

といって、人権意識も皆無に近かった戦前の、閉ざされた寄宿舎内での年長者による年少者へのレイプはどう考えても好ましいものでない。確か、そうした指向からは最も遠かったらしい作家の一人、星新一が、ある機会、さも厭そうに「戦前はそういうものがあったんでね」と語っていた。ただしその嫌悪は冒頭の団塊文人の怯え気味の想像によるホモフォビアと異なり、現場を見てきた人の感想である。

稲垣足穂の報告にあったことと思うが、明治の頃はさらに甚だしく、学舎ごとにボスと部下がおり、そこへ訪れる他学舎からの客人があると、もてなしとして「芋か少年か」と問われたという。つまり、空腹であれば芋をさしあげる、そうでなければ好きな少年を犯していただいてかまわない、という意味である。客人が「少年がよい」と答えるとすぐさまそこで布団が敷かれ、掛け布団の中に待つ少年とごそごそ二、三十分、といった有様だったそうで、これが笑い話ならよいが、毎度犯されっぱなしの柔弱な少年の側から見れば、その暴力的な被支配のさまは岩井志麻子の『魔羅節』さながらの悲惨さである。

だが、その野蛮と無残の狭間、ごく稀に、折口や乱歩、山崎らが語った稚児的な少年同士の相愛が、実際にはどうであったにせよ、夢見られもした。

しかも、当時、少年の美貌の保証はまず大抵、同級及び年長の、男性からなされたものらしく、女に愛されることを知る前の思春期、美少年たちはまず男性たちからの賞賛を得て自己愛を育てたもようだ。

男女七歳にして席を同じうせずの教育方針がもたらしたものであったろう。当人が異性愛を指向する者であれ、女子と話す機会も乏しい年少の男子が自分の価値を確認するには、年長の男の反応をうかがわねばならなかったのだ。そして年長者たちは綺麗な少年を、現在の男性たちが美少女を見る目と同じ視線で眺めた。

その事情を知れば、夏目漱石の『こころ』で、「先生」が語り手に、君は女性のところに行く前の段階として男性の私のところへ来たのだろう、云々と語るのも、わからなくはない。戦後生まれの私には従来、このくだりがどうも不自然に思えてならなかった。

折口、乱歩、山崎、いずれも、フィクションか実体験かはともあれ、「年長もしくはより強い立場の男性から言い寄られ、付きまとわれ、君は美しいと褒められた、だが、そうした野卑な言い寄りを厭い、同年の美少年との権力的格差のない相愛を経験した」と語る。ところがこのときの自己愛の根拠は、自らは棄却したところの年長の思い人、つまり念者からの愛の告白にある。

乱歩の『孤島の鬼』の語り手が自分は同性を愛することはないと再三語りながら、通俗小説の主人公の条件として必要な、自己が美青年であることの保証を、どこまでも諸戸という念者から与え続けてもらわねばならなかったのはこうした由来による。

齢のほぼ同じい美少年同士という想像も雅びではあるが、やはり古来の男色の様式の方が優勢で、まず多くは年長と年少の組み合わせとなっただろうし、それが美青年美少年となれば世界は彼らに微笑みかけたことだろう。二人で敵を殺しに行くもよく、浮世のしがらみを絶って地下の暗闇で睦みあうもよい。何をしても様になり、二人が肩を組んで街を行けば皆がその男ぶり少年ぶりに羨望の眼を向ける。

想像とは常にこうやって肥大する。現在の映画漫画はじめ映像表現に美女美少女が不可欠なように、戦前の、ある向きにとって、美青年美少年は、女のいくらか可愛らしいものより、いかほどか価値が上であったことだろう。

ところで、美青年・美少女の対、と、美青年・美少年の対、とはいかに異なるか、戦前に限るなら、前者は主人と婢であり後者は主人と主人見習いの関係が基本にある。現在の女性の方にこのように言うのはどうも残念なことながら、戦前、同じ階級の男性とともにいる女性をまともに主人扱いする関係は殆どなかった。少女が婦人となっても社会的地位はないに等しい。

それに対し、少年は、ある者は跡取りであり、ある者は家を出て立志の人、と異なりはしても、前提としていずれ一家を構えるべき男子と見られたはずで、つまりは主体となって立つことを期待される、少なくともされるべき存在であった。明治国家はこうした、もともとは武士の発想を一般市民にまでも求め、それによって兵として殺し侵略し女を犯しつつ新たな「家」をも獲得せんとする「日本男児」を形成した。

ならば、その「男児ぶり」に先んじる青年には、ときに貪るように欲望しつつも、相手である少年の主体性を認めねばならない局面が必ず来る。これが戦前、対女性ではありえない。

そこでの念者・稚児関係が、ときに師弟関係に近づくこともないとは言えず、とすればそれはどうも遥か彼方、古代のギリシアにあったと記録される青年少年関係と似通ってくる。

『性の歴史』第二巻以後、ミッシェル・フーコーが報告するところによれば、ギリシア時代に、わが邦なら「念者と稚児」の関係にあたる男性年長者年少者のカップルが、愛し合いまた求め合いつつ、年長者は年少者を教育するという習俗が市民の一般としてあった。むろん市民のみの話で、奴隷は男女ともに奴隷である。そこは江戸なら武士同士での男色の話と等しい。

少年の教育の場は知識と倫理の伝授とともに身体の交わりであった。

しかし、これもフーコーの記すところによれば、そうした関係によって男性教育がなされるさい、最も気遣われたのは、少年が自らを自らの主人と見る意識を損なわないことだったという。つまり、たとえ年長者に肛門を犯される場合があってもそれはたまたまの結果であり、犯される側専門の男になってはならない。男性と愛し合うことは男らしさを学ぶことととして賞賛もされたが、受身であろうとだけ望むのは後々の市民・家長たる者にあるまじき意識であるというのだ。

さらに、肛門性交は大目に見るにしても、口によって男性の性器を吸うことをことさら好む吸茎者は殊に蔑まれた、という。たまさか密かにならばありとしても、口を用いる行為が一方的な常態であることは問題視されたらしい。おそらく、それが相互の愛の戯れである間はよいが、跪き、相手の性器をいただく姿勢となって支配被支配の含みを持ち始めるのがまずかったのだろう。少年に被支配者の自覚を持たせてはならなかった。

どこまで真実か私には判じることができないが、なるほど主体意識を画然とさせる西洋の礎を築いた発想としてはそういった配慮もうなずける。いずれ一家の主人となり、また都市国家の毅然たる戦士、政治家としてときに支配者侵略者となるべき者が、他者に犯されたがる、他者の男性器を口に含むことばかり喜ぶような習慣に馴染んでは困る。いや、人の見ていないところならともかく、そういった「女役」としての評判が立ってしまっては、リーダーとなりえない、といったところだろうか。

よい念者は稚児に、俺に愛されつつ立派な男となれ、と教えたことだろう。それが具体的にいかなるものかはわからない。唐突ながら、三池崇史監督の映画「46億年の恋」はその、少年が男を学ぶための、死と暴力を前提にした恋愛の方法をいくらか描いていたように思う。

身分や分際に非常に厳しく、語らずとも自然に成る「我」とは別の、意識化された「主体」というものを論外としていた日本の前近代から、いきなり近代の個が形成されようとしていた明治期、前述のとおりそれは男性だけの問題で、とすれば、一時政権を握った薩摩藩古来の風習を見習うことによってしばらく広まったとされる男色・男道だが、その伝播も案外必然であったのではなかろうか。

少年を性の具としつつも、いずれ日本男児たる人格を持つべき余地を残すよう配慮する、意識無意識はともかく、そのような傾きが政治的に生成されていたとするなら、だ。

古くは平安時代まで遡るという稚児教育の伝統は、女性よりもさらに受身でかつ有能なしかも性的パートナーでもある理想の客体者を作る技法の連鎖であった。そこで主体として立つことは教えられない。実のところは後々、主人としての立場地位に就く元稚児も多かったとはいえ、確固たる人格を持つ手段方法自体は当人に任されていたことだろう。

それがあるときから、国策として、帝国日本という国家のための意志主体を育む方向が模索され始めた。このとき前近代の「念者稚児」は「国士たちの愛の絆」として再構成されてくる。その愛はたとえば西郷隆盛と若い部下たちのような友愛集団として図像化もされた。

強く、意志的、かつ権利義務を弁え、使命を知り、団結力に富む男たちを作るには、性愛を伴う男性教育が最も効果が高かった、というのはあるいは世界共通なのかも知れない。強い軍隊を作りたければ互いに愛し合い犯しあう男たちで軍団を構成すればよい。敵前逃亡のような恥ずかしいことは、到底愛人の前ではできない。それぞれが、愛人＝友の眼に恥じない立派な行動をとり、時に愛人とともに勇ましく死んでゆく。

さすがに昨今、もうあまり聞かなくなったが、「最近の男たちは弱くなった、女の言いなりだ、情けない」云々とお嘆きの諸兄、もし今もいらっしゃるなら、貴方がたには是非、日本全国津々浦々に「男色学校」の設立をお勧めする。そこに学ぶ凛々しい少年たちは、国と友のためには死ぬが、女の要求など聞き入れはすまい。お望みどおりの真に強い男がこうして続々と作られてゆくことだろう。

【七】

思うところあれこれ

意識の杖を持つこと

澁澤龍彦編の『暗黒のメルヘン』に収録されている安部公房の「詩人の生涯」は今思い出しても優れた小説と思う。以来、安部公房の作のいくつかには親しんできたつもりだが、代表作と言われる「砂の女」だけは残していて、ごく最近になってから読んだ。

するとこのとき、自分が同じストーリーを知っていることに気づいたものだ。

ある見捨てられた村に来た男が砂地に掘られた深い穴の底に囚われ、砂を掻きだす作業を強制される。村は絶えず砂を掻きだし続けていないと埋もれてしまう。その作業要員として彼は拉致されたのだ。穴の底に建つ家には村の女がいて、次第に夫婦のようになりながらも男は脱出の機会を狙う。村人たちはほぼすべて彼の手の内を読んでいて逃れることができない。

ラスト近くにはそれまでとはやや異なる展開が少しあるが、おおむねこんなところだろう。何か国語にも翻訳され、世界的名作とされてはいるが、このように記すとなんともひどい話ではないだろうか。

そして私にはこれをさらに無残に語り直した相似の物語を既に読んだ記憶があった。小説ではない。漫画だ。山野一の『ヒヤパカ』という短篇集の冒頭に収録された「人間ポンプ」がそれである。都内のある見捨てられた貧民地区に大学教授と助手の女性が調査に来た。そこでは地下から染み出てくる汚水を絶えず汲み上げていないとあふれてしまう。だが電動ポンプの故障した家があり、その地下の水汲み場に二人は突き落とされ、終日、手こぎポンプでの作業を強制される。そのうちに両者はそれまでの人格を捨てていがみ合い始める。

言うまでもないが山野の「人間ポンプ」は「砂の女」よりずっと後に書かれた。私はいわば二次的に書かれたものを先に読んでいたのだ。といってここで盗作とかパクリとかいったことを云々するつもりはない。「人間ポンプ」はシチュエーションを変えながら、いくつか、安部の「砂

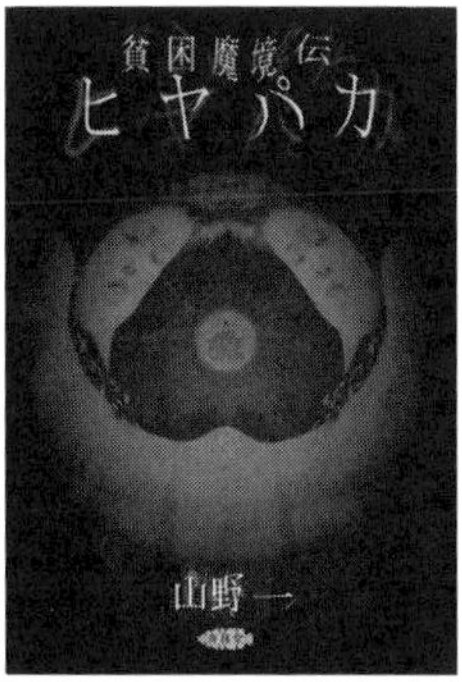

★山野一『貧困魔境伝ヒヤパカ』（青林堂）

★安部公房『砂の女』（新潮文庫）

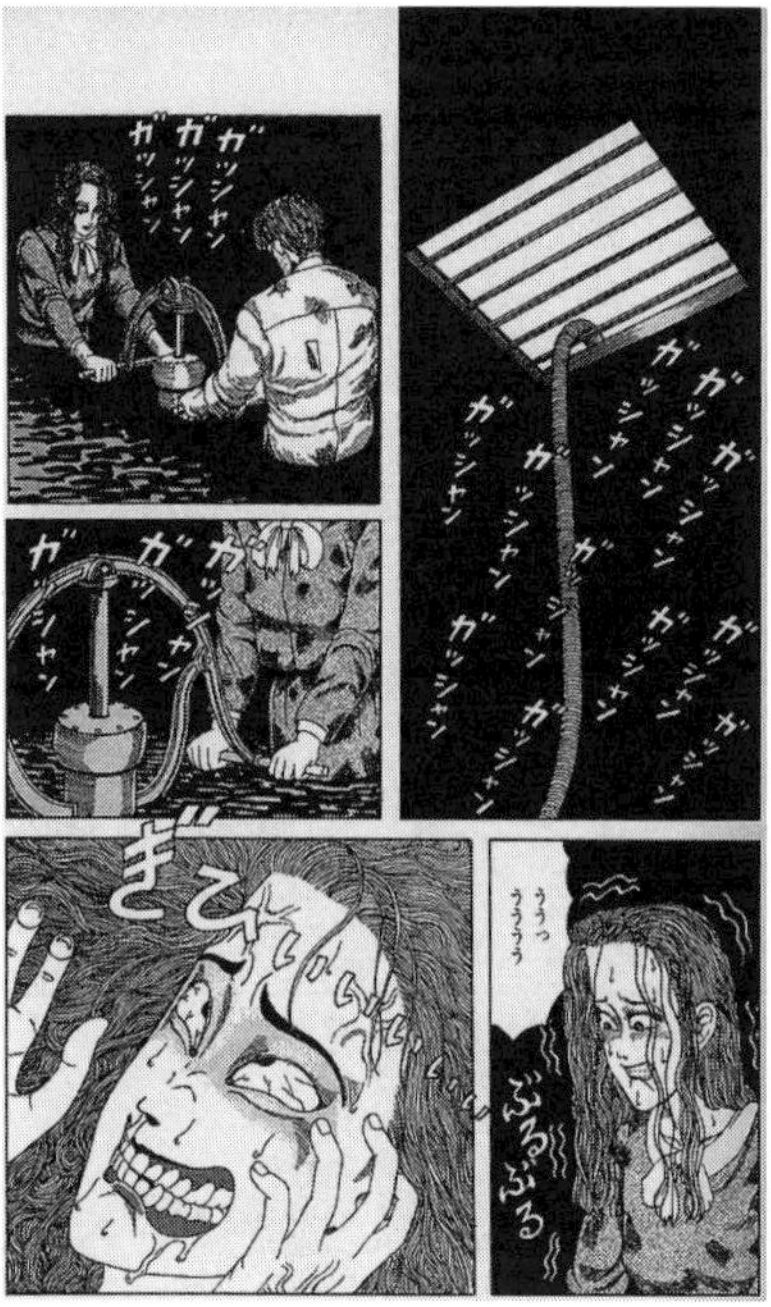

★山野一「人間ポンプ」より（『貧困魔境伝ヒヤパカ』所収）

の女」のストーリーをなぞるようにして書かれてはいるがその提示するところは全く別のものに見える。

また「砂の女」が一流で「人間ポンプ」は、といった品定めにも興味はない。率直に言って「砂の女」も世にいうほどに一流なのか私には疑問だ。だが、両者は何か究極の矛盾を見せつける物語であるようには思う。「砂の女」「人間ポンプ」いずれも近代の都市が発達するにつれて発生した「見捨てられた場所」での話で、都市あるいはそれに列する「よい場所」からやってきた者たちがそれまでの快適な生活と自由を奪われ、それまで気づきもせず、想像もしなかった貧しい惨めな生活の実態を知る。ばかりか、その貧しい場所を存続させるための労働を強制される。「見捨てられた場所」の住人たちは、都会人と都会人の意識の持ち方を許さない。自由や個の独立を喜ばない。

と、このように、よい場所から来た者がよくない場所で思い知らされる話、と言ってしまえばほぼ同一の物語である両者は、しかし、やはり違う。「砂の女」の視点は男の方にあるが、「人間ポンプ」ではどちらかに偏らない。そして男女いずれも社会的に保証されていたすべての自尊心を放棄させられてゆく。「人間ポンプ」ではこのとき、女性の方がより一層転落への抵抗とエゴイスティックな怒りを見せ、その描写にはある種のミソジニー(女性嫌悪)の気も漂うが、しかし、そのうちに男女いずれも最低のところへ来ると奴隷としてはあまり違わない汚辱と欲望と怨念の徒になり果てる。こういったところを山野は、シャープな絵で汚物や暴力を交えリアリスティックに、露悪的に、惨憺たるものに描く。この作を私は好きとはとても言えないのだが、しかし、奴隷であること、隷属すること、暴力的に強制されることがいかなることかを存分に見せつけ、物質的・社会的な条件がいかに人間を規定しているか、個の尊厳というような意識がどれだけ危うい、吹けば飛ぶようなものかを、傷に塩を塗り込むようにして伝えてくるところを忘れることができない。

一方の「砂の女」はそうしたえげつなさに主眼が置かれてはおらず、ひどい物語ではあるがなんとか脱出しようとする一人の男の冒険談のように読めるところもないではない。その意味では途中の失敗する脱出行（先にストーリーをあかしてしまったが、読んでいるときもこの脱出が成功するとはとても思えなかった。大抵の人は彼の失敗を予期しつつ読むだろう）の部分など、後の筒井康隆の緊張感あるスラップスティックを思わせたりもする。

それと題名にあるとおりの「砂の女」の描き方が男と非対称で、いくらかエロティックだったり愛嬌があったりしながら何を考えているのかわからず、対話で説得もできない、という、長らく近代文学に描かれ続けてきた、「女」の典型であることも、「文学」とされまた高級ともされる理由であるか。こうしたところがあるので山野の描くような剥き出しの醜い衝突にならない。タイプは異なるが、川端康成の「雪国」等から微かに響くこだまのような、ある亡霊として、この「砂の女」はいるようだ。あるいはまた「他人の顔」の妻もそういった「男の知りえない」存在として描かれていなかったか。

そこを思うなら安部にはまだ神話的な意識が残っており、山野にはもはやそうした幻影はない、と言える。その点で私たちの意識に近いのは山野である。だがそれゆえに見たくない世界とも言え、山野なら解剖するように見せつけるあまりにも痛い構造を、巧妙に覆い隠してくれているところから「砂の女」が名作とされる理由がようやくわかったように思う。が、しかし、私にはそれだから名作だとはやはり思えないのだが。

　というのも、筒井康隆も含め、これまでの、前衛や「思考実験」をこととしてきた作家の、ある意識のからくりが見えるからで、それは、たとえば異性への幻想を保持することでその他の要素をすべて激烈に変更変化破壊しうるという方法だ。彼らは奇想天外なことを考え、非現実の世界を展開し、そこでさんざんやりたい放題の無茶苦茶をやってのけ、世の甘えた「調和の幻想」を破壊して見せる。ひどく自由であるらしい彼らは激しく進む己の精神の運動以外には何の執着もないかに見えるが、異性への、ある都合のよい期待だけは捨てていない。ただし、都合がよいといっても、出逢う異性が常に自分に好意的である、という意味での都合のよさではない。自分に不可知な絶対が異性の形を持って実在しており、その下では究極として何をも許されるといういわば信仰心のようなものを言う。その信仰が彼らの意識の安全を保証している。絶大な一点だけが信頼できるので他のものは何でも破壊し相対化でき、徹底してアナーキーであるかのように振る舞える。神秘主義と言ってもよいだろう。女の名において神秘が実在すると思えば、荒唐無稽な夢を本気で語ることができる。

　すると山野の方は、身勝手に自分に都合よく行動する若い女性への強い嫌悪があるにしても、それは「ずるさ」（と彼に見えるもの）への憎悪によるので、つまり（架空の）平等を基準とした上での、ある倫理的な非難であり、女性をアプリオリな神秘として神話化はしていないように思える。そして彼の描くものは、過激に過ぎるためこれも一見ひどくアナーキーに見えるかも知れないが、実のところは既成の階級意識と差別意識を極限まで拡大し不変のものと見せることで提示される強烈な現実的絶望への驚きであり、そこには相対主義的な前衛意識も破壊を極めようとする傾向もない。そうするには彼には確固たる信頼の地が乏しい。神秘がないので夢もない。人間の絶望的な教化できなさだけが眼に映る。差別をするなといってもやめない。貧しい者醜い者不自由な者をいたぶるなといってもやめない。形而上がないので現実の欲望の他に信じうるものはない。その愚劣さを憎みながら逃げ道はない。そのため山野は過激に保守なのだ。その姿勢を見るなら、安部や筒井より後の世代である私たちの多くも、だ。

自由な想像、制度に拘りのないアナーキズム、のように見える態度は、おそらく、当人の神話的な、神秘な何かへの信頼感、あるいは信仰なしには成立しない。

私にはそのことを非難できないが、しかし、あたかも自己以外すべて相対的と言わんかのような威の高さ威勢のよさが「一点のずるさ」をもとに成立していたのか、と思うと残念な気がする。

こういうことに気づいたのは相当後だが、しかしその構造をうすうす感じていたためだろう、長らく私は、ヘテロセクシュアルなところが如実に感じられる作家より、どこかホモセクシュアル的な、というのはつまり「女性性という本質」を信じないような意識の感じられる作家を多く追ってきた。

だが、やはり、人には何かの杖が要る。非ヘテロセクシュアルな作家にもそれは同じだった。山野のように、既にある歪みに逆らわず、むしろそれを拡大して見せるという方法もあるだろう、だがそうでない、何か初めてであろうもの、抑えられることのない過剰な自由の気配を持つ世界を求める時、人はどこか都合のよい、「ずる」をひとつ、自らに許さなければ、表現などできないのではないかと最近は思う。

ところで最初に戻って、「詩人の生涯」は、本当に優れた文字通りのメルヘンであり、幸せな話ではないが、そこにはもの悲しいながら、ある望みの持ち方が造形されているように思われる。よって安部公房は私にとって今も「詩人の生涯」の作家である。

意識の溝を巡る

意識は確実に連続しているものでもなく、また自己認識のすべてを覆うものでもない。フロイトの無意識説以後、二十世紀を経て今世紀に至り、意識の不備不完全を組み込んだ表現は当然ともなった。

ブルトンのシュルレアリスム宣言はフロイトの説とは区別されるが、そのめざすところの、より強度の強い現実とは、理性に馴致された日常的な意識によっては到達できない不可知にこそあるという前提にあった。二十世紀後半からの構造主義者たちの実存主義への批判は、そもそも背景というものを考慮に入れないまま、単独の確固たる人格というフィクションによって世界を把握することの不可能を突いたのではなかったか。

ジョン・ケージが易によって音を定めた音楽を発表したのは、あるいは偶然性の音楽といった発想が始まったのは、一主体による芸術の構築という神話への反論でもあっただろう。その仮定される主体の意識制御が限界を設ける。

主体批判は近代の始まりとともにあった。批評の世界で予め主体の優位性を前提にすることは既に論外である。そこでの「交通」といい「政治」といい、すべて個の領分を極小に見てから考えてみようとする視線だ。

埴谷雄高が『死霊』等で告げる「自同律の不快」という語も、そういった気難しげな表現でなく「この自分のままいることが厭」と言い直せばきわめてよくある現代的な感情の吐露とさえ言える。

小説を「作者の統治する一大帝国」とする十九世紀的規定は劇的に変更され、「作者にすらそこで何が起こるかわからない、思いがけない事故を待望する場」となる。「考えたことを書く」のではない。「何かによって考えさせられ書かされる」ことを待つのだ。

ところで、「トラウマ」という語の専門外での用いられ方の変遷は「アングラ」のそれによく似ている。

国家や警察組織すなわち決定的な「当局」が禁止した表現行為伝達行為を、主に地下等に隠れて行った「アンダーグラウンド」から発して、何ら弾圧されてもいないのに「危ない」「良識に反する」「反社会的な」「反近代的な」「あたかも禁止されそうな」「深い闇を感じさせる」表現までも「アングラ」的と呼ぶようになったと同じく、通常、意識の外に追いやられているため、何かのきっかけからひとたび再帰すると経験当時そのままの生々しさが色あせず意識者を苛む「心的外傷」を原義とし、強烈な衝撃を与える映像や物語をもやや安易に「トラウマ」的と称するに至った。

そのような言い方を好むことの奥にも、私はある願望の存在を感じる。自らのこの意識の外に出たいという願望である。

むろん矛盾だ。意識の外を意識するのも意識ゆえ、もし仮にそうしたことがあったとしても、そのとき既に「意識の外」という名の意識内の項目としてそれは取り込まれている。あるいはまた、意識の外に出た意識は既に自己という意識ではなくなってしまっている。

だが、人が飽かず他者を求めるように、また憧れの成就は憧れそのものの消滅を意味するにもかかわらず何かに憧れ続けるように、われわれは自らの外、自己でない何かを望んでいる。

強烈な衝撃とは、疑いなく当然としていたそれまでの自己を否定させられる経験、のレプリカと言えるかもしれない。いかに強烈と言っても本当の心的外傷となって鑑賞者の無意識に沈み込む映像や物語はまずありえない。だが、その感触が確かに無意識に届きそうな「気のする」ものはある。不安、不吉で、不可解、気がかり、不可知を予感させてやまない映画漫画演劇、詩、小説も含め、理由のわからない恐れとともにある魅惑が、誰しもいくつか記憶されていることだろう。

それらが、これまた「アングラ」と呼ばれるものと近い位置で発見されやすいことも経験的に知られている。

意識はその滑らかに連続するかに見える中に、到底修復できない深い亀裂を持っている。そこへ触れかかりそうなものを俗にトラウマと呼び、ときにその表現をアングラと呼ぶこととなったというわけである。意識の溝の奥には言葉にすることさえ躊躇われるものたちが蠢いている、はず、だからだ。

江戸川乱歩初期の中篇「闇に蠢く」はそのテーマ・ストーリーもさることながら、この題名をよく得られたと思う。

なかなか定職に就き続けることが難しかったとはいえ、仕事をさせれば有能、経済的なバランスもよく心得、宣伝も巧み、ひとたび組織内の役割を勤めれば的確にこなし、透徹したリーダーをも演じることのできた家族思いの紳士、平井太郎氏は、江戸川乱歩名義の著作物で、日常での理知的温厚な紳士ぶりをどこまで裏切ることができるかに賭けていたかのように、私には思えてならない。

作品にほの見える自己はそこにいた彼の生身の自己でない。だからこそ懐かしく、だからこそ永遠に求められる。到達できないからだ。

見たこともないのに懐かしく、永遠に求められてならないという意味では稲垣足穂の『ヰタ・マキニカリス』も江戸川乱歩の『盲獣』も、私には変らない。それらを前にしてふと我に返り、ため息をつきながら私たちは、望む。

この自分、この牢獄から逃れることさえできたなら。

詩のための作為と物語のための作為

ここしばらく、作為に満ちた長い物語の制作を続けていたせいか、一段落つくと物語のための作為が希薄な文物を読みたくなった。

物語のための作為とは、例えばミステリーならトリックをさす。あくまでも作りものであり不自然さを当然のものとして熟慮し論理的に組み上げる。ミステリーに限らず、小説の、ストーリー上の整合性と効果を考えた辻褄合わせはいずれも物語のための作為となる。逆にそういった種類の作為を排除しがちな小説は純文学と呼ばれるところに多いが、さらにストーリーさえ放棄し始めると行き着く先は詩ということになる。

むろん詩にも、否、詩にこそ技巧あり、作為もある。驚くばかりの人工性、不自然さを誇る詩歌も少なくない。だが、それらは多く、特定された物語に従属することを拒否し、むしろ言語の生成の瞬間として物語から逃れようとするところで最大の技巧が尽くされる。なお、同じ詩でも、定型詩の定型というのは、読み手を惹き込む物語の代わりを務める約束事、と考えると分かり易い。詩であったとて物語に寄り添うことは何ら構わないが、もしその気があるなら定型という約束をぎりぎり守ることで読み手への接近の度合いを強めつつ、少しだがきわめて効率的に、物語性から自由になれる。そういえば小説にせよ詩にせよ、いつでも成功はほんの少しだけだ。無条件の自由はいわゆる自由詩にもありえない。いや、それはもともとこの世にない。

だからその自由詩というのも、定型性に代わって読み手を惹きつけわずかの均衡を感じさせるルールを内在させているはずだ。だが定型詩よりは、一回一回同じことのできない勝負という性格が強いことだろう。

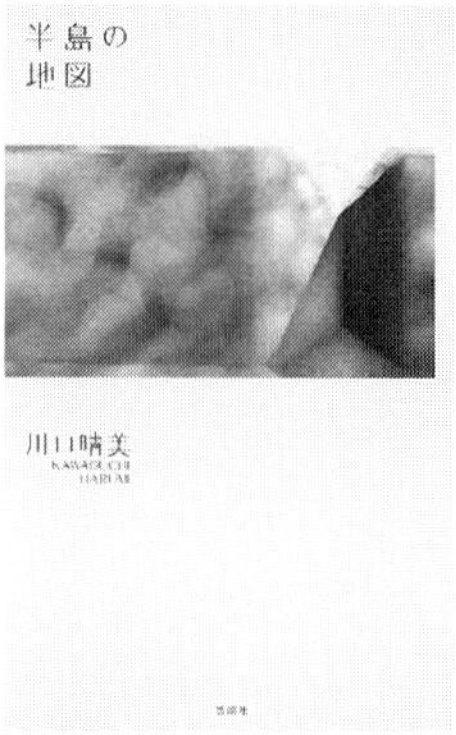

★川口晴美『半島の地図』(思潮社)

根っから物語好きである私にとって、詩を求めることがそうそういつもあるわけでないが、ゆえにこそ、こうした機会をとりわけ貴重に思う。

こんなおり、たまたま手にしたのが『半島の地図』という、虹色の表紙・帯、カバーをとれば薄緑に銀色が降りかかる、そんな美しい詩集で、作者は川口晴美。

川口晴美のひとつ前の詩集『やわらかい檻』については自著『ゴシックスピリット』で少し言及した。それ以前も以後もこの作者は望ましい詩人である。『半島の地図』冒頭には「サイゴノ空」というやや長い詩が置かれている。

最後に見る空はせめてきれいな青ならいいのにと
思ったけれど瞼をほんの少しもちあげて
震える睫毛の隙間からのぞき見たのは灰色というよりは
すべての色が抜け落ちた平板な広がり

このように始まり、御覧の通り難解な語彙も特殊な語法もあえて用いていないそれは、ある女性の独語として書かれる。だがそれはすぐ、十歳にもなるかならないかの少女が、何者かに殺され川のほとりに棄てられ、死ぬ間際に語る言葉を模していることが知れる。ただし、その口調から窺える意識の在り方は幼女~少女のそれではなく、大人の女性である。模していると記したのはそのためだ。

ここで死にゆく者の年齢や性別、育ち、立場から性格までをそれらしく虚構として作り上げ、その限りでのリアリティを追求し演じ尽くそうとすれば小説になる。そのさいの努力を私は物語のための作為と呼ぶ。

「サイゴノ空」は、ある程度分かり易い、条件・状況を背景としている。それは作為であり物語性でもある。だが、そこに物語に従属するための作為はない。あるシチュエーションを仮定した、今の自分、すなわち詩人川口晴美その人が、その瞬間に探り当てた言葉だけを記すため、いわば、定型詩の定型と同じ機能を果たす枠組みとして「理不尽に殺され川辺に棄てられた幼い少女」という物語が採用されている。

物語的シチュエーションを提示しつつも、ストーリーを組み上げるためのそれらしさや演技的表現には一定の距離が設けられ、その物語に触れることで思いがけなく現れる「現在の私」の意識と言葉の可能性を生かす。あくまでも紡がれる言葉の不意性のために背景を用意する、その作為が詩の方法となる。

こうした意味で、詩とは原則として必ず一人の詩人のリアルタイムの言葉の記録であり、予定や設計図をもとに組み立てられるものではない。たとえそこに手段としてフィクションを利用していても、言葉の生成の現場を捉えるという意味ではドキュメントに近いのだ。

「サイゴノ空」を読みつつ、その物語ではなく、物語を用意したとき現れてくるこの作者に特有の言葉の形を感受する。するとそこには圧倒的な死の強迫があり、空想的にでも殺されるという事態に真向かわねばいられない何かが、いくらか共感を伴いながら伝えられてもくる。だが、それを共感として求めれば、詩は容易く物語のための手段となる。

したい人はそうしてもかまわない、だが、私は物語を好むからこそ詩には詩を優先したい。「サイゴノ空」はこの詩集を読む人にまずチューニングを迫るかも知れず、そこに反応した人は、以後の詩にも、ある言語化できにくいルールをうっすらと仮定しつつ読むのではないだろうか。私はそうだった。この詩人の、言語上にだけ存在する視線の在り方と意識の形が、言葉の底知れない可能性に動かされつつ、かつ、わずかずつ自律的に語を発動させる。その不測と制御の度合いが特に魅力的に見え、今回もまた好ましく感じつつ読み終えた。

退廃いまむかし、あるいは三島由紀夫の投機

澁澤龍彦には、「ヨーロッパのデカダンス」をはじめとしてデカダンスに関する言及がいくつかあるものの、その翻訳による『さかしま』（ジョリス＝カルル・ユイスマンス）の主人公のように自ら退廃に浸る人とはあまり感じられず、いわば他者の奇矯な行いへの興味という位相にとどまる。それに対し、同時期六〇年代の三島由紀夫はどこか他人事でないものとしてデカダンスを意識していたように思われる。初期の「中世」や「家族合せ」といった短編の頃からの意識の向かい方を読めば必然の帰結とも言えるが、としても、世紀末、退廃、等の旗印のもと、音楽でいうなら後期ロマン派の用いるような大掛かりな、贅を凝らした手法様式で描かれる死と没落、といった想像を前にしては、猫がまたたびを嗅ぐときのように身も世もない惹かれ方であった様子がうかがわれる。

その三島が責任編集した同人誌『批評』デカダンス特集に掲載された、彼の手による編集後記について、また澁澤が「短い文章のなかに何とデカダンスという言葉が六回も使われている！」といささか苦笑しながら報告し、「いつもの歯切れのよい三島氏にも似ない、このかなりぎくしゃくした文章を読んでも分るように、もともと三島氏には、フランス語の文芸用語としてのデカダンスという言葉に、一種の固定観念に近い愛着をいだいているような面も認められ」、と、例に

よって対象からやや身を引き離すことで得られる成果として明快にその事情を教えてくれた(「三島由紀夫とデカダンス」)。

でありながらもここに、ある種のほほえましさをもって眺めているところは澁澤のいわば三島への敬意のあらわれと言えようが、澁澤よりさらに一層三島に距離を置く読者からは即座に嘲笑の対象とされてもおかしくない思い入れよう、ということになり、ならばその執着の強さが三島由紀夫の作家性であった。

しかし、もうひとつ現在の私が考えるのは、六〇年代当時、退廃、デカダンス、といった観念は飽くまでも彼方の地に豪奢な貴族たちの末裔が示した最期の栄光を意味しての憧憬に発するもので、決して当時日本人の現実生活の荒廃自体に接続してはいなかっただろうことだ。三島に限らず、五〇年代六〇年代に語られた「デカダンス」とは、当時当たり前のものとしてどこでも見られた「明るい未来を確信し日々労働する小市民的前向きさ」への西欧的かつブルジョワ的視線からの傲慢な軽蔑がモティベーションとして大きかったのではないのか。そもそも労働は奴隷のやることだという、自らの現状をも遠く超越してあたかもギリシアの市民か中世ヨーロッパの貴族を範として語る、非現実的な自尊の意識による、予め当人にも無理とわかっての憧憬の言表がそれを可能としたように思われる。

澁澤もまた一時「万博を嫌悪する」と語った。「人類の進歩と調和」などと言い、未来は明るいものと決めておめでたく騒ぎ続けた当時の俗衆の無自覚さナイーヴさへの否定ならば、そこにあった批判意識は嘘でなく無価値でないとしても、だが飽くまでも文学的な、実際の社会問題とはひとまず隔離された、それはいわば作家による特権的批判であったはずだ。それが他者の態度への批判である限りにおいて、澁澤の言葉は、彼の常のそれと変わらず明快ではあっても、前述と由来同じく当人の問題にはならない。そして澁澤はこう言いながら、自身の適度の希望と未来を否定するわけでもなかった。ゆえにこそ、当時としては例外的に、未来のなさを澁澤よりは真剣に体感していた（だろう）三島由紀夫が、デカダンスを正面切って、本気になって語り出すといかにも唐突で執拗で、ともすれば滑稽にさえ聞こえたのだ。すなわち澁澤をも含め、当時大方の人々に退廃そして未来のなさというものが深刻には意識されていなかったこと、そうした環境にあって一人真剣であったことが三島の過度の「ぎくしゃく」の理由であろうと私は考える。

十九世紀末ヨーロッパ貴族のそれは知らず、単に退廃といいその類縁的概念としてのデカダンス、時代閉塞、没落破滅への予感、というなら二〇〇一年以後、私たちはいわば相応に体感している。それはもはや文学の言辞でなく、今ここにも空気のように、未来への不信、不安、怯え、厭悪は存在する。しかもそれは西欧憧憬でも豪奢でも贅を凝らしたものでもなく、ひたすら希望を腐蝕させ憎悪を増大させる黒いタールのような沈殿物としてわれわれの心中に蓄積し続けている。貧しく倦厭に満ちた文字通りの退廃の中、私たちはメランコリックな慰安とともに何かを仰ぎまた俯く。

だが、必ずしも実社会、実体経済、そして生活状況といったものの劣悪さが退廃を導くとはかぎらない。五〇年代の日本は現在とくらべものにならないほど貧しかったが、敗戦とその後しばらくの時期を知った人々はそのときよりはいくらかましな将来を感じていたと容易に想像される。六〇年代にもなれば、国民所得は年々増えるだろう予測がある程度共通の了解であった。公害をはじめとする社会問題は山積し、貧しさが払拭されず、利便性は今ほど発達せず、それにともない未だ前時代的な謬見が多数残存する五〇年代六〇年代が、実際に現在より過ごしやすかったかどうか一概には言えまい。統計的にも犯罪は今よりずっと多かったと聞く。しかし、その頃、私も微かに記憶するが、人々はまだ未来を見限っていなかった。むろん映画「三丁目の夕日」のような情緒の口に優しいものではない。とはいえ誠実に働いておればそこそこ充実した人生が待つだろうとどこかで信じることができた。貧富の差が大きくともそれを階級の差として認識していなかった。

今、親が富裕でなく富裕層に縁故を持たない子供らは自らが捨て石となることを予感していはしないだろうか。こつこつと個の誠実さで成り上がることがかつてより格段に困難と感じられてはいないだろうか。いかに堅実にものを行っていても、制度的に整備された強奪によって、得たものの多くを横取りされるばかりだと感じることはないだろうか。にもかかわらず、消費の多様性・日々の利便性だけは五〇年代より遥かに優っている。

思えば当然のことながら退廃とは心の向かい方の問題である。事実への色付け方と言える。経済・物質的状況のよしあしによってではなく、未来への信頼の度合いの逓減に応じて退廃の自覚が強まる。個の無力が強く意識されれば、運命的破局への期待もまた見いだされるだろう。仮にそれを美的に語れば本家本元のヨーロッパのデカダンスにも近づく。ただしかし事実上の退廃的諸悪の只中に生きる者にとって、まず目に入るのは貧しさと悲惨、そして度し難い愚かさでしかない。

ところで三島由紀夫がいつ自殺を決意したか知れはしないし問題でもないが、あのように演出過多の自殺をした人であるからには、そこで自己の未来を投げ捨てることに何か広義の「投機」を見ていたのだと私には思われる。それはやはり惨めな生への嫌悪という凡庸な説明によるしかないのかどうか、少なくとも今は自殺を考えていない私にとって、むしろその「投機」さえもが、ある強固な希望のあらわれと見えなくもない。

かわいいという俗情

相原コージ氏との共作『サルでも描けるまんが教室』通称『サルまん』で知られ、「編集家」を自称する竹熊健太郎氏が、ご自身のブログ「たけくまメモ」で、二〇〇八年夏、同時期に日本公開されたアニメーション映画「崖の上のポニョ」と「カンフー・パンダ」とを比較対照しておられた。

その内容は「たけくまメモ」をご覧いただくとして、私が注目したのは、ポニョの（魚の状態のときの）顔の、目の離れ具合（ただし半魚人状態の場合はここで以下に記すこととはやや意味が異なる）と、カンフー・パンダの目と目の間が狭く、かつ非常に険しく、表情のコントラストが激しそうな様子だった。映画館のポスターで見たカンフー・パンダのふんわりぼよよんとした体形に、そのひときわ厳しい目が著しい違和感を生じさせていた。ご存じのとおり「崖の上のポニョ」が日本の作品であるのに対し「カンフー・パンダ」はアメリカ合衆国ハリウッド産のアニメーションである。そこには顔つきの違いによって示される、両国での主人公の意味の差がよく見てとれる。「カンフー・パンダ」を、「崖の上のポニョ」に同じく宮崎駿の関係したアニメ作品でありかつパンダの登場する「パンダコパンダ」の絵柄と比べると、より明らかになる。「パンダコパンダ」の絵は親子のパンダいずれものんびりと人のよさそうな様子で（親パンダの口がや

★『パンダコパンダ』（徳間アニメ絵本）、徳間書店

★「崖の上のポニョ」チラシ

★「カンフー・パンダ」チラシ

や怖いという意見もあるかも知れないが違和感はない）、両目は大きく離れ、眉間に皺を寄せてもおらず、日本文化によってその好悪を育てた私からすれば愛らしくかわいらしい。

それに対し、カンフー・パンダの目つきは、かつての日本の子供としての私の意識からは、なにやら不必要に険呑で、到底かわいらしいものとは感じられない。

こうなった理由はもともと、運と努力と根性で成長し成功をつかむカンフー・パンダが「かわいいだけのキャラクター」でないところからきてもいるが、しかし、同じストーリーでも日本のアニメならこんな無駄に気難しい顔にはしないだろうと私は考える。節目節目で努力根性は見せながらも、終始間の抜けたかわいい顔でころころと修行する日本版カンフー・パンダを、私は宮崎アニメの絵で見たい。この二者だけで対比するのも乱暴な話だが、ここは敢えて粗雑に考えると、日本では主人公が愛されることが何より先に要求されるのに対し、アメリカでは常に自立した意志を示していることが主人公の条件とされるらしい。

これと同じような感を抱いたのは以前、「ハワード・ザ・ダック」という実写映画を見たときだ。ハワード・ザ・ダックというのは宇宙からやってきた知能の高いアヒル型の宇宙人で、実写であるから主人公のハワードは着ぐるみあるいは人形として出ていた。こういう場合、日本の作品ならこれでもかといわんばかりにかわいらしいアヒルちゃんを登場させ、その賢いけれどもどこか抜けた異邦人的な、つまり無知で無垢なところを愛らしげに描くだろう。私が監督ならそうする。だが、アメリカ産のハワードは、ことあるごとに「ふうむ、そうか、だが俺の考えではな」と、腕組みし、厳しい目で眉間に皺を寄せて、自分が明確な判断と意志決定の主体であることをアピールするのである。形はドナルドダックのようではあるのだが（とはいえ実写版はとても可愛いとは言えない）、この主体的表情の頻出によって、私は彼を愛せないままこの映画は終わった（そもそもあまり出来のよい映画とも言えないと思う）。

なお、私は「ハワード・ザ・ダック」と「崖の上のポニョ」は見ているが、「カンフー・パンダ」は未だに見ていない。これは竹熊氏も書いておられることだが、ハリウッドでひとつひとつ大衆の望むところをリサーチしつつ何度も練られた脚本をもとに制作された「カンフー・パンダ」は、おそらく見て損をしたと感じることはないだろう。それなりのおもしろさとカタルシス、満足があるだろうことはわかっている。だが、私の場合、敢えてわざわざ見に行く気にならないのは一にかかって、そのかわいげのなさによる。人間が主人公の場合はともかく、私にとって動物アニメーションの主人公は何がどうあってもかわいらしくなければ見るに値しないのである。

厳しい目つきというのは成人の主体を示す目である。いかにも表情の差が激しいらしいカンフー・パンダの顔は意志の強そうな大人の顔つきだ。それが嫌だというのはすなわち、私が動物に求めるものが飽くまでも無知で幼児的な客体性ということで、たとえストーリーの要請により主体的な行動を見せるにしても、「俺の考えではな」と主体を誇示して欲しくないのである。この望みは大方の日本の観衆にも共有されていると思うがどうだろう。

　主体性は日本人の日常にあっても常に要求されるが、主体的態度があからさまに見えることはどうにも醜い、見苦しい、と感じてしまう回路が私たちの文化にいつの頃からか組み込まれてしまったように思う。むろん、それでもどうしても自己主張しないでは生きられない局面があることは誰しも知っている。知っているからこそ、その美的には負となる主体行為の記憶を、できるだけ他者からの要求による自分では必ずしも望まない「仕方なかったこと」としてごまかしてしまいたくなるのだ。俳優のえなりかずきの物真似としてよく口にされる「だってしょうがないじゃないか」という台詞、その示すような、自分ではどうしようもない状態に促されるまま行為せざるをえない受動性と忍耐というシチュエーションがTVドラマで一再ならず採用されているとしたら、それも何らかの美意識によるものではないのかと、私は想像する。

　日本の芝居演劇で、観衆に登場人物を愛させたければ、その自己主張の事実をごまかす操作が要るのだろう。が、動物の場合、もともと無垢だけあって主体はないから、非主体的な愛らしさを映像として示すことさえできれば、実質その動物が何をしようとも、「でもかわいいから許す」とされてしまう。そんなふうに終えてしまいたいのが現在の日本文化のひとつの特性ではないかと思う。それは初めは好み、嗜好の状態だが、いつの間にか志向となり思想にもなってゆくだろう。そういった、無垢で自己主張をしないように見える者を愛好する心、かわいい好きの心は、異議や違和、そして「空気に反する言動」を許さない日本的ファシズムの根拠のようにも思える。

さて、それでどうかと言えば、依然、私は、「俺の考えではな」なんて言わず、眉間に皺を寄せたりもしない、目の離れた幼児顔のかわいい動物たちの絵が大好きなのだった。

あとがきに代えて——自由で無責任でありがとう

この一冊は『トーキングヘッズ叢書（TH Series）』に二〇〇八年から二〇一五年にかけて連載した記事二十六編に五編の書き下ろしを加えたもので、本文中でも少し触れたとおり、全体としては記憶と思索を辿る随筆となっている。

『トーキングヘッズ叢書』にはある時期から美術評論家の樋口ヒロユキ氏が執筆者として参加した。当叢書が二〇一五年現在に見るようなアート中心の連続刊行物となったのもその頃と記憶する。現様式が定着してしばらく後、樋口氏から、各回のテーマに沿ったエッセイの連載を依頼され、何回か続けた。そのうち、テーマに関係なく、主に自分の記憶をもとに好き勝手なことを書きたいと要望したら認められ、それは「カドゥケウスの杖」と題して十五回まで続いた。これらの連載記事すべてをある程度の共通性により改めて七章に振り分け、その区分としては不足と思われるところを書き足して収録したものが本書である。

なお「カドゥケウスの杖」は樋口氏による命名で、「カドゥケウス」とはヘルメス神の持つ二匹の蛇が巻き付いた杖のことである。ヘルメスは古代ギリシアの神であるとともに、後には錬金術師の祖としても伝えられた名（ヘルメス・トリスメギストス）であるのはご存知のとおり。連載当初から記憶の魔術・錬金術（アルケミー）、といったニュアンスを持たせていた。そこをより明確にして今回総題を『アルケミックな記憶』とした。

これまた本文中に記したように、現在私には三冊の小説と五冊の評論集、および一冊の詩集（これのみ私家版）があり、評論集と数えられている内の四冊は批評的エッセイとすべきものだが、完全にエッセイあるいは随筆として行き当たりばったりに好きなこと思い当たることを書き連ねたのは本書が初めてである。

現在言われるところの「エッセイ集」は、そこに記された事実の記録の貴重さから読まれるというより、どちらかと言えばそれを書いた人への興味が先にあってのものと思う。そうした理由からお読みいただけるなら私としては最上だが、一方、幾分かは一九六〇年代から七〇、八〇年代、そして九〇、ゼロ年代へと移りゆく中での、ある種の文化的年代記のような要素に注目していただくこともできるかも知れない（ただし収録の順序は年代順ではない）。エッセイとはしているが、「回顧録」に近い性格のものである。各回、その記憶から呼び覚まされる物思いと現在からの判断とでできている。

ところで記憶とはそれだけでは大変脆弱で曖昧な、危ういものである。後から参照できる資料・実物や複数の他者の手を経た正確な記録を確認しないと、知らないまま改変されてしまった記憶の誤りを事実であるかのように記すことにもなる。

その点、現在確認できる部分はすべて見直したつもりだが、それでもおそらくどこかには錯誤があるに違いない。もし事実誤認があればどうかご教示いただきたい。さらに現在にまでかかわる倫理・論理・批評上の不備・不正は常に正したい。

とはいえ、本書は飽くまでも、事実そのものより、私という者が当時事実として外部から受け取った何かの手がかり、サイン、暗示といったものをもとに考えたことを、後になってから現在の判断をも交えて記した「私の感じたことの記録」なので、たとえば「幻想文学新人賞の頃（一）」で注記したように、実のところ、その何かの示す、当時の自分にとっての意味を記述していれば、事実そのものは後から見て違っていても構わないという性格のところがある。すなわち私的な解読行為自体の記録、および後から想像された過去というイメージの記録なのであって、私にやってくるサインのもととなった事実そのものを仮に間違いと指摘され訂正しても、その誤認から発した現在の私自身の感懐は変更しようがないということだ。ということで、そこはあまり信頼し過ぎず、かつ、記憶として提示された条件の上であれやこれや私とともに考えていただけるとありがたいと思う。嘘か本当かはもうわからないが私としてとても面白かったことだけを記したつもりだからである。

そしてこういう自由がこれまで欲しかったのだなと今、気づいた。現在、私が評論を書くことをやや警戒しているのは、評論とは確かな事実に基づき、それ自体の正しさをめざすものであると認識されているからだ。最初に事実誤認があればそれをもとに書かれた評論は価値をなくす。これに対し、小説ならどこまで誤っていてもかまわない。むしろ「人の過ち方」を巧みに語ってみせるのが小説本来の価値と私には思われる。

しかし完全な小説とも異なり、意図した嘘なのでない、自分としては事実だと思っているが本当のところは確定できにくいような記憶に対しての切実な感想を思うままに書いておきたいという望みが本書を成立させた。ここには、間違う自由とまでは言わないが、どこかが間違っているかどうかにかかわらず好きなことを言える自由があった。

お読みいただけた方には私という者の思考の癖がおわかりかと思う。そこが一番伝えたいところである（と著者としては言っておく）。テーマ・モティーフはいくらかずつ章と節を隔てて関連している。その距離と通底の具合にもできるだけの意を注いだつもりでいる。

そして、こんな自由で無責任な仕事を受け入れてくださった樋口ヒロユキ氏と鈴木孝編集長、岩田恵氏に深く御礼を申し上げたい。

二〇一五年一月四日　高原英理

初出一覧

まえがきに代えて
「読むこと、読んで書くこと、読むべきときを待つこと」
……『トーキングヘッズ叢書（TH Seires）』（以下『TH』と記載）No.49、2012

【一】好きなもの憶えていること

「お化け三昧」……『TH』No.50、2012
「骸骨の思い出」……『TH』No.45、2011
「貸本漫画の消えそうな記憶（怪奇漫画編）」……『TH』No.56、2013
「貸本漫画の消えそうな記憶（少女漫画編）」……『TH』No.57、2014
「とうに死線を越えて」……『TH』No.38、2009

【二】自分と自作について

「幻想文学新人賞の頃（一）」……『TH』No.52、2012
「幻想文学新人賞の頃（二）」……『TH』No.53、2013
「著書の履歴」……書き下ろし
「批評行為について」……書き下ろし
「リヴィングデッド・クロニクル」……『TH』No.51、2012

【三】なんとなくあの時代

「大ロマンの復活（一）」……『TH』No.54、2013
「大ロマンの復活（二）」……『TH』No.55、2013
「我等終末ヲ発見ス、以来四十有余年」……『TH』No.39、2009
「日本SF、希望の行く末」……書き下ろし
「テラーとタロー、そしてある論争について」……『TH』No.48、2011

【四】アンソロジーを編んでみて

「『リテラリーゴシック・イン・ジャパン』成立のこと」……『TH』No.58、2014
「ゴシックハートに忠実であれということ」……書き下ろし
「作家が選ぶアンソロジーについて」……『TH』No.59、2014

【五】失われた先達を求めて

「中井家の方へ」……『TH』No.60、2014
「澁澤家の方へ」（「澁澤家の方」より改題）……『TH』No.61、2015

【六】タルフォィックなはなし、シノブィックなはなし

「足穂（A）とそして信夫（B）と」……書き下ろし
「t A ruphoic（一）モダニズムという不遜な作業」（「モダニズムという不遜な作業」より改題）……『TH』No.42、2010
「t A ruphoic（二）未来への不安をやり過ごすということ」（「未来への不安をやり過ごすということ」より改題）……『TH』No.46、2011
「shino B uic（一）下降する美童たち」（「下降する美童たち」より改題）……『TH』No.35、2009
「shino B uic（二）男性を学ぶ学校」（「男性を学ぶ学校」より改題）……『TH』No.43、2010

【七】思うところあれこれ

「意識の杖を持つこと」（「安部公房『砂の女』と山野一『人間ポンプ』」より改題）……『TH』No.47、2011
「意識の溝を巡る」……『TH』No.41、2010
「詩のための作為と物語のための作為」……『TH』No.40、2009
「頽廃いまむかし、あるいは三島由紀夫の投機」（「頽廃いまむかし」より改題）……『TH』No.37、2009
「かわいいという俗情」……『TH』No.36、2008

あとがきに代えて
「自由で無責任でありがとう」……書き下ろし

高原英理（たかはら えいり）

1959年三重県生まれ、立教大学日本文学科卒、東京工業大学大学院社会理工学研究科博士課程修了（価値システム専攻）。1985年、小説「少女のための鏖殺作法」で、第１回幻想文学新人賞受賞（審査員は中井英夫と澁澤龍彥）。1996年、三島由紀夫と江戸川乱歩を論じた評論「語りの事故現場」で第39回群像新人文学賞評論部門優秀賞受賞。評論の単著に『少女領域』（国書刊行会）、『無垢の力―〈少年〉表象文学論』（講談社）、『ゴシックハート』（同）、『ゴシックスピリット』（朝日新聞社）、『月光果樹園―美味なる幻想文学案内』（平凡社）。小説の単著に『闇の司』（秋里光彦名義、ハルキ・ホラー文庫）、『神野悪五郎只今退散仕る』（毎日新聞社）、『抒情的恐怖群』（同）など。編著に『鉱物』（「書物の王国」シリーズ、国書刊行会）、『リテラリーゴシック・イン・ジャパン　文学的ゴシック作品選』（ちくま文庫）、『ファイン／キュート　素敵かわいい作品選』（同）がある。

TH SERIES ADVANCED

アルケミックな記憶

著　者　高原英理

発行日　2015年10月27日

編　集　樋口ヒロユキ

発行人　鈴木孝

発　行　有限会社アトリエサード
東京都新宿区高田馬場1-21-24-301 〒169-0075
TEL.03-5272-5037 FAX.03-5272-5038
http://www.a-third.com/　th@a-third.com
振替口座／00160-8-728019

発　売　株式会社書苑新社

印　刷　モリモト印刷株式会社

定　価　本体2200円＋税

ISBN978-4-88375-214-0 C0095 ¥2200E

★ アトリエサードの季刊誌 ★

トーキングヘッズ叢書（TH Seires）

アート・文学・映画・ダンスなどさまざまなカルチャーシーンを
オルタナティヴな視点から紹介・評論するテーママガジン

No.63 少年美のメランコリア
No.62 大正耽美～激動の時代に花開いたもの
No.61 レトロ未来派～21世紀の歯車世代
No.60 制服イズム～禁断の美学

A5判・並装・224～256頁・税別1389円／1・4・7・10月各月末刊

別冊TH ExtrART（エクストラート）

ヴィジュアル中心に現代のアートシーンをレポ！
新しい息吹を記録する、少々異端派なアートマガジン

file.06 想いは死と終焉の、その先へ……
file.05 オブジェの愉しみは、ひそやかに
file.04 少女は、心の奥に、なに秘める
file.03 闇照らす幻想に、いざなわれて

A5判・並装・112頁・税別1200円／3・6・9・12月各中旬刊

ナイトランド・クォータリー

海外作品の翻訳や、国内作家の書き下ろし短編など満載の
ホラー&ダーク・ファンタジー専門誌

vol.02 邪神魔境
vol.01 吸血鬼変奏曲

A5判・並装・136頁・税別1700円／2・5・8・11月各下旬頃刊

新創刊準備号「幻獣」

A5判・並装・96頁・税別1389円

詳細・通販は、アトリエサード http://www.a-third.com/